새벽찬가

_____ 님께

소중한 마음을 담아 드립니다.

20 . . .

_____ 드림

새벽찬가

초판 1쇄 발행 2016년 2월 25일

지은이 오풍연 · **발행인** 권선복 · **편집주간** 김정웅 · **디자인** 김소영 · **전자책** 신미경
마케팅 정희철 · **발행처** 도서출판 행복에너지 · **출판등록** 제315-2011-000035호
주소 (157-010) 서울특별시 강서구 화곡로 232 · **전화** 0505-613-6133 · **팩스** 0303-0799-1560
홈페이지 www.happybook.or.kr · **이메일** ksbdata@daum.net

값 15,000원
ISBN 979-11-5602-353-1   (03810)

도서출판 행복에너지는 독자 여러분의 아이디어와 원고 투고를 기다립니다. 책으로 만들
기를 원하는 콘텐츠가 있으신 분은 이메일이나 홈페이지를 통해 간단한 기획서와 기획의
도, 연락처 등을 보내주십시오. 행복에너지의 문은 언제나 활짝 열려 있습니다.

오풍연 지음 /

새벽 찬가

도서
출판 행복에너지

모든 게 감사할 따름입니다

대장정을 마무리한 것 같은 느낌이다. 당초 목표이긴 해도 10
번째 에세이집은 생각지도 못했다. 2010년 4월 15일 두 번째
에세이집을 내면서 첫 출판기념회를 했다. 당시 이런 말을 했
다. "오늘은 제가 작가의 길을 걷겠다고 선언하는 날입니다. 앞
으로 지켜봐 주십시오." 결과적으로 그 약속은 지킨 셈이 됐다.

이번 책까지 포함하면 8권을 더 냈기 때문이다. 2009년 9월
첫 에세이집 『남자의 속마음』을 펴낸 뒤 해마다 1.5권꼴로 책
을 출간했다. 아마 전업작가도 이처럼 많이 펴내진 않을 게다.
나는 운이 좋았다고 할 수 있다. 무엇보다 졸고를 받아준 여러
출판사 측에 감사를 드린다.

내 글은 무척 짧다. 원고지 3장 안팎이다. 그래서 내가 이름
을 붙였다. 장편掌篇 에세이. 손바닥만 한 글이라는 뜻이다. 한

국에서 이런 류의 글을 쓴 사람은 없다. 내가 시초가 아닌가 싶다. 나는 스스로 '오풍연 문학'이라고 한다. 더러 건방지다고 할지도 모른다. 그러나 하나의 장르를 개척하고 싶은 게 솔직한 나의 심정이다.

지금껏 같은 장르를 고집해 왔다. 10권을 목표로 했던 것도 같은 이유에서다. 이번 10번째 에세이집 『새벽 찬가』는 완결판이라고 할 수 있겠다. 주로 새벽을 많이 얘기했다. 새벽은 나에게 둘도 없는 친구다. 매일 새벽 1~2시에 일어나 하루를 시작한다. 새벽은 나에게 새로운 세상을 안겨주었다. 글 역시 주로 새벽에 썼다.

눈을 뜨자마자 가장 먼저 사과 1개, 봉지커피 1개를 먹는다. 그리고 글을 쓰기 시작한다. 글의 소재는 거창하지도 않다. 우리 주변의 얘기다. 신변잡기에 가깝다고 할 수 있다. 나는 거기에 '문학'이 있다고 본다. 문학도 우리의 삶에서 떼어 생각할 수 없기 때문이다. 어찌 보면 이단아라고 할까. 그것을 비판한다면 달게 받겠다.

지금까지 10권의 책을 내면서 많은 사람의 도움을 받았다. 특히 5,000명의 페친을 빼놓을 수 없다. 그들과 소통을 통해 영감도 얻었다. 격려의 힘도 컸다. 내가 글을 쓸 수 있는 원동력이라고 할 수 있다. 내 글에는 모두 사람이 등장한다. 한 분 한 분께 감사를 드려야 하는데 전하지 못해 죄송스럽다.

현재 파이낸셜뉴스 논설위원, 초빙교수(대경대 · 아세아항공직업전
문학교), 칼럼니스트, 인터넷 강의 등 1인 5역을 하고 있다. 신문
사 측의 배려가 있었기에 가능했다. 끝으로 원고를 흔쾌히 받
아준 행복에너지 권선복 대표님께 감사를 드린다.

오풍연

목차

Chapter 1 오풍연의 '새벽으로 여는 하루'

Chapter 2 오풍연의 '도전'

Chapter 3 오풍연의 '사랑하는 사람들'

Chapter 1

오풍연의
'새벽으로
여는 하루'

오풍연의 。
하루 。

　오늘은 하루를 정말 길게 써야 할 것 같다. 12시 정각에 일어났다. 9시에 취침했으니 정확히 세 시간 잤다. 평소보다 한 시간 덜 잔 것. 그럼 어떠랴. 사방이 고요하다. 나는 적막감마저 즐긴다. 친구라고 할까. 얼마 안 있으면 또 여름방학이다. 6월 11일 종강한다. 그 다음 주가 기말고사. 대학 강의를 한 뒤로 시간이 더 빨리 가는 듯하다.

　한 학기가 훌쩍 지나간다. 이러기를 만 3년째. 제법 교수 티도 난다고 한다. 70까지는 강단에 서고 싶다. 물론 내 희망사항이긴 하지만. 매주 한 번씩 대구에 내려가 학생들을 만나는 것이 좋다. 예전 같으면 꿈도 꾸지 못할 일. KTX가 있어 가능하다. 전국이 반나절 생활권. 5월도 사흘 남았다. 나에겐 찬란한 한 달이었다. 6월도 기다려진다. 또 다시 가슴이 벅차다. 꿈을 향해 달리자.

건강염려증.

자라 보고 놀란 가슴 솥뚜껑 보고 놀란다고 한다. 어제 내가 그랬다. 그저께 저녁 소파에 누워 잠깐 잠들었는데 꿈을 꿨다. 꿈속에서 왼쪽 무릎이 쿡쿡 쑤셨다. 그래서 깼다. 왼쪽 무릎을 만져보니 실제로 아팠다. 이게 무슨 변고인가 싶었다. 지난 2월 통풍으로 입원했을 때도 같은 꿈을 꿨다. 그때도 왼쪽 다리였다.

또 다시 통풍이 온 건가 걱정했다. 그래서 큰 파스를 붙이고 잤다. 새벽녘에 일어났는데도 계속 아팠다. 이걸 어찌해야 하나. 그동안 술을 한 모금도 마시지 않고, 운동을 열심히 했는데 아플 이유가 없었다. 실망스럽기도 했다. 마침 지난번에 먹다 남은 통풍치료약이 생각났다. 우선 그것을 먹어 보았다. 새벽 운동도 나가지 못했다.

약효가 있었던지 아침부터 통증이 가시기 시작했다. 물론 병원에도 가지 않았다. 저녁 무렵이 되니까 통증이 거의 사라졌다. 그제야 안도했다. 통풍은 엄청난 고통을 수반한다. 이제 다시 일상으로 돌아와 새벽 운동을 나가려고 한다. 페친께서도 건강하시라.

6월을.
마무리하며.

　가장 좋아하는 월요일이다. 한 주를 시작하는 첫날은 항상 설렌다. 희망으로 꽉 찼다고 할까. 6월 마지막과 7월 첫 주가 함께 있다. 한 달을 마무리하고, 새 달을 설계한다. 딱히 의미 있는 모임이나 약속은 없다. 목요일 '일목회' 모임에 나간다. 여의도 지역에 근무하는 고등학교 동기들이 모여 점심을 함께하는 것. 학기 중에는 매주 목요일 대구에 내려가 참석하지 못했다. 방학 동안만이라도 참석하려고 한다.

　그래서 모임을 주선하는 친구에게 참석을 통보했다. 10명 안팎이 모인다. 대전고등학교를 졸업한지는 올해로 36년째. 세월이 참 많이 흘렀다. 이미 작고한 친구도 여럿 있다. 정년퇴직하거나 특별퇴직한 친구도 적지 않다. 50대 후반에 들어선 우리의 자화상이다. 나도 서울신문에 계속 있었으면 정년퇴직했을 터. 미리 나와 전화위복이 됐다고 할까. 누추하지만 일할 수 있는 공간이 있어 행복하다. 7개월간 백수생활도 해 봤기에 뼈저리게 느낀다. 일터를 사랑해야 하는 이유다. 이번 주도 힘차게 출발하자. 모두 파이팅!

과일。
예찬。

　나는 정말 과일을 좋아한다. 모든 과일을 잘 먹지만 그중에서도 사과가 최고다. 매일 새벽 사과를 1개 깎아 먹고 하루를 시작하곤 했다. 그런데 요즘 취향이 조금 바뀌었다. 여러 개를 섞어 먹는다. 오늘 새벽도 아내가 준비해준 과일을 먹었다. 사과 두 쪽, 방울토마토 5개, 체리 4개. 그렇게 맛있을 수가 없다. 둘이 먹다 하나가 죽어도 모를 지경이다.

　그 다음 커피를 한 잔 마신다. 나의 하루를 알리는 의식이랄까. 물론 봉지커피다. 몸에 그다지 좋진 않다고 하지만 딱 맞는다. 그리고 컴퓨터 자판을 두드린다. 먼저 어제 일어났던 일과 오늘 할 일을 생각한다. 남에게 조금이라도 서운하게 한 일이 있는지 돌아본다. 그러면 실수나 시행착오를 줄일 수 있다. 날마다 반성하는 셈이다. 자기를 완성하는 데 큰 보탬이 된다.

　오늘 할 일 역시 중요하다. 누구를 만나면 그 사람의 좋은 점을 들여다본다. 그리곤 칭찬을 실천으로 옮긴다. 칭찬은 생활화해야 한다. 내가 사는 방식이다.

금요일。
휴무。

　지금 직장에서 가장 좋은 것은 한 달에 두 번 주중 쉴 수 있다는 것. 금요일도 격주로 쉰다. 평일에 쉬니까 정말 좋다. 주말에 하지 못하는 일도 할 수 있다. 관공서 일 등을 보기 위해 굳이 휴가를 내지 않아도 된다. 나들이하기에도 적격이다. 아무래도 주말보다 사람이 적어 어디를 가든 여유 있게 보낼 수 있다.

　특별한 약속이 없으면 아내와 함께 백화점이나 대형마트에 간다. 어제도 오랜만에 목동 현대백화점을 다녀왔다. 평일인데도 사람이 많았다. 메르스의 여파는 느껴지지 않았다. 식품 코너 역시 저녁을 준비하는 시민들로 북적였다. 백화점에 가기 전 낮잠도 잤다. 거의 낮잠을 자지 않는 편인데 그냥 누웠다가 깜빡 잠이 들었다. 이 또한 평일에 누릴 수 있는 특권이다. 아내가 백화점 가자고 깨우지 않았더라면 더 잘 뻔했다.

　오늘도 집에서 보낼 참이다. 주말 골프를 하지 않으니까 훨씬 여유롭다. 골프채를 아예 집어넣을 생각도 하고 있다. 술을 단박에 끊었듯이 골프도 안 치면 그만이다. 그 시간에 다른 것을 하면 된다. 나이 들면서 이처럼 취향도 변한다. 대신 맞춤형 운동은 해야 한다. 걷기를 친구로 삼았으니 심심하진 않다. 내일은 근무. 또 이렇게 일주일을 마감한다.

휴가。

　예년 같으면 휴가 얘기가 나올 텐데 올해는 메르스 때문인지 조용하다. 모두 파리 날린다고 난리다. 나아질 기미도 보이지 않는다. 소비가 살아나야 하는데 걱정이다. 나 역시 휴가 계획을 잡지 못했다. 항상 일찍 가는 편이다. 6월 말이나 7월 초쯤 가곤 했다. 올해는 남쪽을 가고 싶었다. 전라도 순천, 여수 쪽을 다녀올까 생각 중이었다. 물론 지인들도 만날 겸 해서.

　난 외국에 나가고 싶은 마음은 없다. 국내 여행이 훨씬 좋다. 무엇보다 우리나라는 어디를 가든 지루하지 않다. 산이 많아서 그럴까. 너무 아름답다. 먹거리도 좋다. 지역마다 특색이 있다. 아직도 안 가본 곳이 많다. 지난 번 전북 고창엘 다녀와서 더욱 반했다. 특히 고창 읍성은 환상적이었다. 이번 휴가는 아들 녀석과 맞춰볼 생각이다. 녀석은 가을에 가잔다. 휴가 분위기가 살아나길 기대한다.

19번째。
주례。

　다음 달 11일 19번째 주례를 선다. 올 들어서는 처음이다. 옛날 법조 출입처에서 만난 분이 연락을 해왔다. "아들 장가보내는데 인연을 맺어주시겠습니까." 주례를 부탁하는 전화였다. 지인 결혼식 말고는 따로 선약이 없었다. 그래서 바로 오케이를 했다. 신랑의 아버지는 훌륭한 교정공무원이었다. 몇 해 전 정년퇴직을 했다. 최고 영예인 교정대상도 받았다. 그때 1계급 특진도 했다. 아직 아들은 만나보지 못했지만 잘 키웠을 것으로 본다.

　지난 번 KBS 아침마당에 출연해서도 내가 주례사를 낭독하는 것으로 마무리 발언을 했다. 기쁜 마음으로 주례를 설 참이다. 봉사로 시작한 주례다. 앞으로 세 자리 수는 채우지 않을까.

장기학회。
세미나。

　이번 주도 나름 바쁠 것 같다. 한가한 것보다는 훨씬 낫다. 목요일엔 의미 있는 행사에 패널로 참석한다. 한국장기기증학회 창립식에 초청받은 것. 협회는 유사한 단체가 여럿 있지만 학회 설립은 처음이란다. 페친이기도 한 한국장기기증협회 강치영 회장님이 연락을 주셨다. 물론 강 회장님을 따로 뵌 적은 없다. 강 회장님은 부산에서 활동하고 계신 분이다.

　이번 학회의 발기인도 보니까 부산에 있는 분들이 많다. 주로 학교에 계셨다. 정말 좋은 일을 하는 분들이다. 나도 지금까진 장기기증에 대해 생각해본 적이 없었다. 뜻있는 일이라고만 여겨왔다. 장기기증에 서약한 국민만 130만 명 가까이 된단다. 며칠 전 행사에 참석한다고 소개했더니 댓글도 여러 개 달렸다.

　페친 가운데 이미 서약한 분들이 있었다. 그분들에게 고개가 숙여졌다. 잘은 모르지만 장기기증을 서약하려면 가족의 동의가 있어야 한단다. 사후 장례 절차 문제 때문에 그런 것 같았다. 학회를 알리는 데 조금의 역할이라도 할 참이다. 보람찬 한 주 되시라.

다시.
일상으로.

　오늘 근무하면 내일과 모레 이틀 쉰다. 주 5일 근무를 철저히 시행하고 있다. 신문사에서 보기 드문 일이다. 그만큼 근무환경이 좋다는 얘기이기도 하다. 파이낸셜뉴스는 토요일자의 경우 종이신문을 만들지 않는다. 대신 인터넷 판만 제작한다. 그래서 절반근무를 하는 것. 쉴 수 있다는 것은 참 좋다. 휴식이 없다고 생각해보라. 얼마나 답답하고 지루하겠는가. 직장인들은 주말이 있기에 평일에 열심히 일한다.

　오늘은 장맛비가 내린다고 한다. 시원하게 쏟아졌으면 좋겠다. 올핸 너무 가물었다. 비다운 비를 보지 못한 것 같다. 어제는 늦잠을 자는 바람에 5시쯤 운동을 나갔다. 오늘은 정상으로 돌아왔다. 초저녁에 일찍 자고 12시도 못 돼 일어났다. 잠시 뒤 3시에 운동 나갈 예정. 2시 전에 일어나야 하루 스케줄이 정상적으로 돌아간다. 페친들과 만나는 시간도 2시 전후. 즐거운 하루 되시라.

늦잠.

　아뿔사, 나도 늦잠을 잘 때가 있다. 오늘은 4시에 일어났다. 평소 같으면 1시간 걷고 '오풍연 의자'에 앉아 있을 시간이다. 나도 사람인지라 매일 똑같을 수는 없다. 어제는 하루 종일 머리가 무거웠다. 더위를 먹은 것인가. 어쨌든 푹 자고 나니까 기분은 좋다. 머리도 무겁지 않다. 사람의 몸은 이처럼 오묘하다. 조금 이상이 있으면 스스로 알아서 조절한다.

　날이 후텁지근하다. 불쾌지수도 높다. 이런 때일수록 건강관리에 신경 써야 한다. 여름 감기도 있다. 문을 모두 열어 놓아도 바람 한 점 없다. 오늘도 더울 것 같다. 다행히 회사는 시원하다. 규칙적인 생활이 꼭 필요하다. 날씨를 핑계 삼지 말자.

또 한 주。

　7월 마지막 주다. 이번 주부터 휴가를 많이 떠나는 것 같다. 나는 8월 15일부터 22일까지 휴가. 올핸 느지막이 휴가를 잡았다. 여수, 순천 등 남도 여행 계획을 잡았다가 사정이 생겨 취소했다. 아들 녀석의 휴가와 일정이 맞지 않아서다. 아직 별다른 계획을 잡지 않았다. 가까운 근교 나들이나 할 생각이다.

　이즌잇에서 진행하는 무료강좌 '오풍연 기자/PD 스터디'도 오늘 끝난다. 10일차 마지막 날 강의다. 몇몇 수강생은 정말 열심히 들었다. 하루도 빠지지 않고 출퇴근일지와 과제를 남겼다. 이처럼 열심히 하는 사람에겐 반드시 기회가 온다. 기회는 준비된 사람에게 오기 때문이다. 무료강좌여서 관심이 떨어질 수밖에 없다. 공짜라고 하면 좋아하는 대신 업신여기기도 한다.

　하지만 나는 지난 2월 1일 최선을 다해 강의 녹화를 했다. 젊은이들에게 자신감과 도전정신을 불어넣어주기 위해 온 힘을 쏟았다. 다행히 강의 어플도 나와 누구든지 들을 수 있다. 어플 역시 무료다. 잘 찾아보면 돈을 들이지 않고 배울 수 있는 길이 열려 있다. 그러나 많은 사람들이 이를 간과한다.

　오늘 근무하면 내일 또 쉰다. 하루 연월차 휴가를 쓴다. 회사에서 사원들에게 휴가 사용을 적극 권장하고 있다. 휴가 사용은 곧 회사 방침에 따르는 것이다. 비용 절감 차원이다. 잠시 뒤 3시엔 운동을 나갈 참. 즐거운 하루 되시라.

여름나기 。

　이열치열이라고 했다. 날이 무지하게 덥다. 푹푹 찐다고 할까. 어젠 퇴근하고 집에 오니까 식구들이 에어컨을 켜놓고 있었다. 나에게 더위를 식히라고 그랬단다. 샤워부터 하고 저녁 식사를 했다. 8시 뉴스를 본 뒤 9시 뉴스를 조금 보다가 잠자리에 들었다. 창문을 열어 놓고 누우면 잘 만하다.

　정확히 4시간 자고 새벽 1시 30분 기상. 오늘 하루를 시작한다. 운동을 길게 할 참이다. 평소보다 1시간 일찍 나가려고 한다. 2시부터 4시까지 운동할 예정. 집에 돌아오면 4시 30분쯤 될 터. 열대야라 이 시간에 걸어도 땀이 난다. 한강합수부 '오풍연 의자'에서 땀을 식힐까 한다. 강바람과 함께 여기서 명상하는 시간이 좋다. 이 기분은 즐겨본 사람만 안다.

　덥다고 선풍기나 에어컨 앞에만 앉아 있으면 더 덥게 느껴진다. 이런 때일수록 적당한 운동이 필요하다. 땀을 흘린 뒤 샤워하면 최고. 한낮에 걷는 것은 무리다. 심야 운동. 낭만도 있다. 더위도 피해가지 말고 즐기자.

오풍연。
따라 하기。

　오풍연 따라 하기. 그리 거창한 것도 아니다. '새벽을 여는 남자'에 동참하고자 하는 것이다. 일찍 일어남을 뜻한다. 실제로 나와 새벽을 같이하는 분들도 있다. 그분들이 일어났는지, 그때까지 안 잤는지는 모르겠다. 내가 페이스북에 글을 올리는 시간은 새벽 2시 전후다. 그럼 바로 '좋아요'을 눌러주는 분들이 10~20명은 된다.

　이 가운데 나처럼 일찍 자고 일어난 분도 분명 있을 게다. 매일 새벽 일찍 일어나는 게 쉽진 않다. 무엇보다 일찍 자야 가능하다. 새벽을 즐기면 좋은 점이 많은 것은 확실하다. 남들보다 훨씬 여유가 있다. 시간에 쫓길 리도 없다. 자신감도 생긴다.

　내가 '자신감'과 '도전정신'을 강조하는 것도 새벽에서 연유한다고 할까. 새벽, 정직, 실천, 도전은 내 인생의 4대 키워드다. 적당한 긴장감도 생긴다. 너무 느슨하면 삶의 재미도 없다. 무언가 새로운 것을 추구해야 한다. 인생을 즐기는 요소라고 할 수 있다. 오늘도 힘차게 출발하자.

한국。
낭자들。

오늘도 하루를 시작한다. 나에게 하루는 커다란 의미가 있다. 하루, 즉 오늘을 가장 중시하는 나다. 그래서 최선을 다한다. 아내가 준비해둔 과일로 아침식사를 대신한다. 요즘은 아침 대용으로 과일만 먹는다. 체리, 포도, 복숭아를 먹었다. 눈을 뜨자마자 먹는 과일은 정말 맛있다.

그 다음 인터넷을 검색한다. 박인비가 브리티시 오픈에서 우승했다는 소식이 올라왔다. 대단하다고 할 수밖에 없다. 마지막 날 무려 7타나 줄였다. 두 자릿수 언더파로 우승했다. 2위 고진영 선수와 3타차. 그랜드슬램도 달성했다. 2003년 애니카 소렌스탐 이후 12년 만이다. 이제는 진정 세계 최고의 선수다. 누가 그녀를 따라올 수 있을까. 결혼 이후 성적이 더 좋다. 골프 선수 사이에 결혼 붐이 불지도 모르겠다.

어젠 새벽에 소나기가 와 운동을 나가지 못했다. 오늘부터 다시 폭염이 시작된단다. 조금 이따가 운동을 나갈 터. 8월 첫 주도 산뜻하게 출발할 수 있을 것 같다. 모두 파이팅!

열대야 。

열대야가 실감난다. 푹푹 찐다. 어제 서울 최고 기온은 37.1
도. 마트 주차장은 40도를 넘을 것 같았다. 집에서도 에어컨을
켤 수밖에 없었다. 오늘도 덥다고 한다. 소나기가 그립다. 이런
날은 누가 만나자고 해도 겁난다. 더워도 집이 가장 낫다. 가벼
운 옷차림으로 지내면 되기 때문이다.

다음 주 중반쯤 비가 온 뒤 예년 기온으로 되돌아갈 것 같다
는 일기예보다. 그때까진 더위와 싸워야 한다. 나도 더위에 약
한 편이다. 추운 것은 얼마든지 참을 수 있다. 옷을 두껍게 입
으면 된다. 그러나 더위는 따로 방법이 없다. 하루에 두세 번
샤워는 기본. 샤워를 해도 그때뿐이다.

오늘은 잠시 뒤 한강에 나갈까 한다. 강바람이 있어 조금 시
원하다. 두 시간가량 걸을 생각이다. 이열치열. 세 시 정각에
나가면 다섯 시 반쯤 돌아온다. 한강엔 나 말고도 더위를 피해
나온 시민들이 있다. 주말 계획 잘 세우시라.

폭염 。

　며칠째 폭염이 계속되고 있다. 올핸 유난히 더운 것 같다. 방송도 더위가 메인 뉴스다. 그만큼 덥다는 얘기. 남쪽 지방은 더 덥다. 40도 가까이 올라가는 지역도 있단다. 습도까지 높아 불쾌지수도 최고. 그래도 더위를 이겨내야 한다. 너무 더워 숙면을 취하기 어려운 것도 사실이다.

　나는 초저녁에 자고 심야 산책을 하는 것으로 더위와 싸우고 있다. 열대야라서 새벽 2~3시에 운동을 나가도 덥긴 마찬가지다. 10여 분만 걸어도 등 뒤에서 땀이 솟기 시작한다. 목 뒤로 땀이 비 오듯 쏟아진다. 상의는 말할 것도 없고 바지까지 젖을 정도다. 집에서 출발해 65분쯤 걸으면 '오풍연 의자'에 다다른다. 거기서 10~20분가량 쉰다. 다시 집에 도착하면 정확히 1시간 30분 걸린다. 그 다음 샤워를 한다. 정말 상쾌하다. 5시 뉴스부터 본다.

　오늘은 쉬는 금요일. 아내와 함께 상암동 병원에 들를 참이다. 사촌 처남이 운영하는 동네 병원. 우리 집 주치의다. 주말이 있으니까 힘차게 하루를 시작하자.

술, 건강。
그리고 웃음。

　오늘 근무하면 또 이틀 휴무. 이번 주 금요일은 쉰다. 그래서 목요일이 즐겁다. 예전 하루 쉴 때 토요일 오전 같은 기분이 든다. 어제 응급실에 갔던 논설위원은 결국 입원했다. 몇 가지 검사를 하면서 경과를 봐야 한단다. 나도 올 2월 초 통풍으로 2박 3일간 병원 신세를 진 적이 있다. 그때 이후 술도 완전히 끊었다. 퇴원하면서 나 스스로 다짐했다.

　"앞으로 술을 마시지 않고, 아프지 않겠다." 그 같은 약속은 지금껏 지켜오고 있다. 나도 신기하리만큼 술은 한 방울도 마시지 않았다. 때문인지 아픈 데가 없다. 그 전에는 팔다리도 가끔 쑤신 적이 있었는데 지금은 그런 징조도 없다. 단주와 운동의 효과로 본다. 정말 아프면 나만 서럽다. 누구도 대신 아파줄 수 없다. 아프지 말아야 할 이유다.

　요즘 지인들을 만나면 예전보다 혈색이 더 좋아졌다고 한다. 가장 듣기 좋은 소리다. 건강해 보인다는 얘기. 얼굴만 봐도 대충 건강상태를 알 수 있다. 얼굴은 그 사람의 상징이다. 따라서 표정관리도 필요하다. 웃음 띤 얼굴이 가장 좋다. 나는 많이 웃는 편이다. 웃음도 실천해야 한다.

휴가。
첫날。

아흐레 휴가 중 첫날이다. 평소보다 한 시간쯤 더 잤다. 어제 9시 30분쯤 자러 들어갔는데 2시 30분에 일어났다. 5시간을 잔 셈이다. 밤새 비도 왔다. 낮에 간헐적으로 내린 비가 밤에도 이어진 것. 때문인지 훨씬 덜 더웠다. 폭염은 지나간 듯하다. 그래도 9월까진 낮에도 더울 터. 곡식과 과일이 익기엔 더없이 좋은 계절이다.

조금 이따가 한강에 나갈 참이다. 출근을 하지 않으니 보다 여유 있게 걸을 수 있을 것 같다. 날마다 13~14km가량 걸을 생각이다. 2시간쯤 걸린다. 이 기간 중엔 한강 '오풍연 의자'에서 쉰다. 당산동 집−목동교−오목교−신정교−오목교−목동교−양평교−양화교−한강합수부(오풍연 의자)−양화교−양평교−목동교−집으로 돌아오는 코스를 이용하려 한다. 영등포, 양천, 강서구 등 3개 구를 경유한다.

산책로가 정말 잘 정비되어 있다. 가로등이 있어 대낮처럼 환하다. 자전거 길은 따로 있어 부딪힐 염려도 없다. 서울이 좋다. 안양천과 한강을 사랑한다. 자연이 우리에게 준 선물이다. 감사할 줄 알자.

인연 。

　여름휴가 둘째 날이다. 오늘 역시 새벽 1시 기상이다. 어젠 성북동 누브티스에 갔다가 귀한 분들을 소개받았다. 고려대, 상명대, 배화여대에서 학생들을 가르치고 있는 여교수님 세 분. 이경순 대표님의 소개로 그분들과 자리를 함께 하게 됐다. 지금 몸담고 있는 학교는 다르지만 중학교, 고등학교 때부터 친구라고 했다. 그런 만큼 분위기가 화기애애했다.

　세 분 모두 지성미가 넘쳤다. 전공은 마취통증학, 일어일문학, 전통의상과. 나이는 여쭤보지 않았지만 나보다 네 살 위쯤으로 보였다. 한 교수님이 75학번이라고 말씀하셨다. 또 한 분은 대전고 선배님을 남편으로 두셨다. 한국에선 이처럼 한 다리만 걸치면 대충 아는 사이가 된다. 상명대는 현 총장이 고등학교 동기여서 관심 있는 학교. 마침 이경순 대표님이 내 책을 가져와 세 분께 사인도 해드렸다. 7번째 에세이집 『그곳에는 조금 다르게 행복한 사람들이 있다』

　나 역시 대화가 즐거웠다. 어쩌면 그분들을 또 만날지 모르겠다. 그런 예감이 든다. 인연이 있기에 살맛 난다. 인생은 즐겁다.

영화 감상。

휴가 사흘째는 영화를 본다. 올 들어 처음이다. 워낙 영화를
보지 않으니까 아내가 강제로 표를 끊었다. 여의도 IFC 안에
있는 영화관. 시골 초등학교 친구 부부와 함께 보고 저녁까지
먹을 참이다. 영화만 보자고 하면 안 보니까 다른 스케줄도 끼
워 넣은 것. 영화는 '베테랑'

영화를 보지 않는 대신 관련 기사는 열심히 챙겨 읽는다. 그
래서 최근 유행하는 영화 등 대충의 흐름은 알고 있다. 아내와
아들은 영화광. 나를 빼고 둘은 종종 영화를 보러 간다. 셋이
함께 영화를 본 것은 언제인지 기억조차 없다. 아들 녀석이 돈
을 번다고 휴가비까지 챙겨 준다. 저녁을 먹으란다.

처음 목표를 세웠던 걷기는 계속한다. 어제까지 이틀 동안
하루에 13~14km씩 걸었다. 오늘도 예외는 없다. 대신 코스를
줄여 8.5km만 걸을 생각이다. 목표치 100km는 무난히 달성
할 것 같다. 휴가도 하루 늘어났기 때문이다. 휴가를 나름 실속
있게 보낸다고 할까.

행복。

어젠 눈과 입이 호강한 날이었다. 친구 부부와 함께 본 영화 '베테랑'은 정말 재미있었다. 그동안 왜 영화를 멀리했을까 후회하기도 했다. 그만큼 흥미진진했다는 얘기. 이젠 한국 영화도 할리우드 영화 못지않았다. 아니 더 잘 만든다고 할까. 흠잡을 데가 없었다. 배우들의 연기력도 뛰어났다.

주인공 황정민, 유아인의 연기는 일품이었다. 조연들도 제몫을 톡톡히 했다. 오달수, 유해진의 연기도 리얼했다. 모두 100점을 줄 만했다. 그래서 한 작품이 완성되는 것. 스토리는 권선징악. 뻔한 줄거리지만 재미와 감동을 더했다. 나처럼 영화를 보지 않는 사람도 눈을 떼지 않고 봤으니 꼭 보기 바란다.

저녁은 근사한 데서 먹었다. 오랜만의 부부동반이라 장소도 신경 쓴 것. 아내와 친구 부인은 안심 스테이크. 친구는 영계구이, 난 봉골레. 넷 다 남기지 않고 그릇을 비웠다. 식사를 하는 동안 소나기도 세차게 왔다. 따라서 운치도 있었다. 친구와 오후 2시 30분에 만나 9시쯤 헤어졌다. 여의도 IFC에서 주차시간만 5시간 50분. 4시간을 면제받고도 주차비 11,000원을 따로 냈다.

차는 1대로 움직였다. 친구가 우리 집에 와 나와 아내를 픽업했다. 다시 데려다주고 가면서 복숭아와 자두도 1상자씩 사왔다고 준다. 영화, 음식, 선물 보따리. 휴가 3일째를 알차게 보낸 셈이다. 이처럼 행복은 늘 가까이 있다.

결혼 。
예비학교 총장 。

휴가 닷새째다. 딱 절반을 보냈다. 서울에 계속 있었다. 그래도 쉬니까 좋다. 오늘은 성북동 누브티스에 간다. 점심 때 그곳에서 지인들을 만나기로 했다. 동갑내기 친구 2명과 후배 1명. 후배가 우리 셋을 초대했다. 후배는 아주 열심히 사는 친구다.

지난 번 한국장기기증학회 설립 및 심포지엄에 갔다가 처음 만났다. 사업을 하는 친구인데 새로운 아이템을 갖고 있었다. 결혼 예비학교를 만드는 것. 이혼율이 높아지는 데 대해 관심을 갖고 그 같은 학교를 만들기로 했단다. 초대 총장은 나보고 맡아달란다. 그래서 바로 오케이를 했다. 사업보다는 사회 기여를 목적으로 하는 것. 후배는 그 뒤부터 나를 '총장'이라고 부른다. 남들이 들으면 의아해할 만하다. 가칭 결혼 예비학교 총장이다.

내가 젊은 부부들에게 인생 선배는 될 수 있을 것 같다. 그들보다 오래 살았고, 먼저 결혼했기 때문이다. 오늘 만남에서 더 구체적인 얘기가 오갈지도 모르겠다. 여하튼 재미있는 세상이다.

우리 부부의。
다짐。

　휴가 8일째는 집에서 보내고 있다. 오늘은 새벽운동만 했다. 이번 휴가기간 동안 100km 걷기를 목표로 세웠다. 하루 앞서 목표를 달성한 것 같다. 보통 8~9km를 걷는데 더 늘렸다. 13~15km가량 걸은 날도 있다. 이것만으로도 뿌듯하다.

　내일은 휴가 마지막 날. 고교 친구 딸 결혼식이 있다. 그 친구의 맏딸이다. 나는 사위를 보고 싶어도 볼 수 없다. 아들만 하나이기 때문이다. 대신 며느리를 딸처럼 여기고 사랑하련다. 아들이 28살인데 한 살 연상이 가장 좋다고 한다. 그래서 29살 먹었다고 하면 보다 눈길이 간다. 그 다음은 네 살 아래. 녀석은 누구를 배필로 맞을까. 시아버지 노릇은 잘할 자신이 있다. 아내 역시 좋은 시어머니가 될 터. 우리 부부의 다짐이다.

여름휴가 。

여름휴가 마지막 날이다. 지난 주 금요일부터 쉬었으니 무려 9일간. 신문도 보지 않고 재충전을 했다. 충주에 하루 갔다 온 것 말고는 계속 서울에 있었다. 가족과 대부분의 시간을 보냈다. 예전에는 집에 있으면 따분했는데 요즘은 그렇지 않다. 집이 편안하고 좋다. 나이를 먹는 증거일까.

조만간 개학이다. 학기 중에는 또 대구에 강의하러 내려간다. 7학기째 강의. 이번 학기부턴 서울 아세아항공직업전문학교에서도 강의를 한다. 격주 금요일 강의. 조금 더 바빠지게 됐다. 그래도 좋다. 일을 할 수 있으니 더할 나위 없는 영광이다. 신문사와 두 학교 측에 고마움을 전한다.

9번째 에세이집 『오풍연처럼』도 9월 초 나온다. 벌써부터 흥분이 된다. 나는 정말 행복한 사람이다. 이 행복을 모든 분들과 함께 나누고 싶다.

삶이。
행복한 이유。

　가을의 소리가 들려온다. 처서가 지난 지 이틀. 문을 열어놓고 잘 수 없을 정도다. 한기가 느껴진다. 계절은 참 오묘하다. 그저께까지만 해도 문을 모두 열어놓고 잤다. 그런데 하루 이틀 사이에 확 바뀌었다. 오늘도 1시에 기상. 거실로 나와 컴퓨터 자판을 두드리고 있다. 바깥 공기가 상쾌하다.

　이런 날이 올 줄은 알았지만 이렇게 빨리 올 줄은 몰랐다. 계절도 사람을 놀라게 한다. 가을은 수확의 계절. 풍성해서 좋다. 나 역시 이번 가을은 남다를 것 같다. 우선 9번째 에세이집이 나온다. 다음 주엔 손에 쥘 수 있을 듯하다. 그 책이 복덩어리가 될 것 같은 기분도 든다. 왠지 그렇다. 출판사 측도 여러 이벤트를 생각하고 있단다. 나도 행복한 상상에 젖어든다. 삶이 행복한 이유다.

술을。
적게 마시자。

지난 2월부터 나에게 큰 변화가 생겼다. 저녁 모임에 차를 가지고 가는 것. 술을 먹지 않기 때문이다. 따라서 음주운전을 할 리 없다. 어제도 강남에서 '나눔회원'들과 저녁을 했는데 술을 안 마셨다. 콜라 2캔으로 대신했다. 내가 생각해도 조금 신통하기는 하다. 그렇게 즐겨 마셨던 술이다. 술을 끊고 나니 더 이상 생각나지 않는다.

이젠 지인들도 권하지 않는다. 그러면서 한마디씩 한다. "풍연이는 평생 마실 술을 먹었으니 안 마셔도 될 거야" 그렇다. 사람이 마실 술에도 정량이 있을 게다. 나는 이미 그것을 채웠다고 할까. 그래서 아내에게 농담 삼아 말하곤 한다. 내가 죽거들랑 입을 열고 술을 넣어달라고. 그때까진 정말 마시지 않겠다고 거듭 다짐한다.

술을 끊고 나서 달라진 점을 꼽으라면 자신감이 더 생겼다는 것. 도전을 생활화하고 있는 나에게 자극을 배가시켜 주었다. 술을 마시고 실수할지도 모를 가능성을 없앤 만큼 영역이 넓어졌다고 할까. 반드시 술을 먹어야 한다는 룰은 없다. 마시지 않고도 얼마든지 친구를 사귀고 일도 할 수 있다. 술을 핑계 대지 말라는 얘기다. 술을 오래 마시려면 양을 줄여야 한다. 나는 그렇지 못해 일찍 끊었다. 술도 좋은 음식인데.

술을.
끊은 이유.

올해도 두 달여밖에 남지 않았다. 세월이 빠르다는 것을 거듭 느낀다. 나이를 먹어가는 증거일지도 모른다. 크고 작은 일들이 많았다. 내가 살아있다는 증거이기도 하다. 내 생활의 변화는 없다. 새벽에 일찍 일어나고, 운동하고, 사람들 만나고. 두 시 이전 기상, 하루 4시간 취침, 20시간 활동은 예전 그대로다.

가장 큰 변화는 술을 완전히 끊은 것. 내가 생각해도 신기할 정도다. 정말 무 자르듯 뚝 끊었다. 제일 좋아하는 사람은 아내. 아내는 그동안 내 술 습관 때문에 걱정도 많이 했다. 술을 입에 한번 대면 끝장을 보았던 것. 웬만해선 취하지 않기 때문에 많이 마셨다. 술의 종류도 가리지 않았다.

술을 끊은 날짜는 정확히 2015년 2월 3일. 통풍으로 병원에 입원했던 날부터 지금까지 한 모금도 마시지 않았다. 2박 3일간 입원했다가 2월 5일 퇴원하면서 결심했던 것. 주위에서 딱 한 잔은 괜찮으니까 마시라고 권유도 한다. 그래도 정중히 사양한다. 결국 통풍도 술이 원인이었다. 술을 끊은 뒤로는 괜찮다. 술도 좋은 음식이다. 마실 수 있으면 마셔야 한다. 그러나 술로 인해 부작용이 있다면 당장 끊는 것이 옳다. 술을 마시지 않더라도 사회 생활하는 데 아무런 지장이 없다.

꼭 술을 마셔야 한다는 법은 없다. 요즘은 술 대신 음료수를 마신다. 지인들도 이해한다. 기왕 결심을 했으면 지켜야 마땅하다. 작심삼일은 아니 한 만 못하다.

2015。
추석。

    세종시에서 추석날 새벽을 맞이한다. 대전에 사시던 형님이 이곳으로 이사를 왔다. 상전벽해라는 말이 실감나는 도시다. 예전에는 한적한 농촌 마을이었다. 그런데 지금은 멋진 계획도시로 태어났다. 노후를 보내기에는 더없이 좋을 것 같다. 그렇다고 서울 사는 내가 옮길 수는 없는 일.

    페친들께서도 즐거운 추석 되시라. 대체공휴일까지 있으니 푹 쉴 수 있을 듯하다. 오후에 다시 올라간다. KTX 표를 미리 끊어 놔 편하게 올라갈 수 있다. 용산역까지 50분. 아들은 근무라서 함께 오지 못했다. 어제 오늘 근무. 녀석은 그래도 싫은 내색을 하지 않는다. 나도 모레는 근무한다. 수요일자 신문을 만들어야 하기 때문이다. 오늘 저녁에는 슈퍼문을 볼 수 있단다. 가족들과 함께 달맞이도 하자. 해피 데이!

소원.

　2015 추석날도 하루 먼저 하루를 시작한다. 세종에서 올라와 저녁을 일찍 먹고 7시부터 자기 시작했다. 일어난 시간은 11시. 잠시 뒤 한강에 슈퍼문을 보러 나가야겠다. 연휴 날씨론 최고다. 한낮엔 여름만큼이나 더웠다. 추석이 지나면 조금 바빠질 것 같기도 하다.

　9번째 에세이집 『오풍연처럼』의 홍보도 본격적으로 한다. 페친 및 독자들이 사랑해준 덕에 초기 홍보도 성공적으로 볼 만하다. 전혀 예상하지 못했던 분들도 인증샷을 보내오기도 했다. 지인들이 관심을 보여주는 것으론 한계가 있다. 일반 독자가 책을 손에 쥐어야 비로소 전국구가 될 수 있다.

　부모님 차례를 지내면서도 소원을 빌었다. 많은 독자들로부터 사랑을 받게 해달라고. 세종시 영평사에 가서도 마찬가지. 기와불사 문구도 '독자 사랑' 작가도 연예인과 똑같다. 인기로 먹고산다고 할까. 앞으로 한 달이 고비다. 슈퍼문을 보고 똑같은 소원을 빌어야 하겠다. 페친들도 소원이 이뤄지길 빈다.

왜 。
사과냐구요?。

　추석 연휴 첫날이다. 오늘도 늘 같은 시각에 일어나 하루를 시작한다. 사과도 한 개 깎아 먹고, 봉지커피도 먹고 있다. 『오풍연처럼』 책 표지와 '오풍연 넥타이'에 왜 사과가 들어 있느냐고 궁금해하는 분들이 많다. 페친들이야 제가 누누이 설명했기에 잘 알 터. 사과 역시 제 삶의 하나라고 할까. 날마다 먹으니 한 부분을 차지한다. 1년 365일 중 330일은 먹는 것 같다. 햇사과가 나오기 한 달 전까지 먹는다. 그렇게 맛있을 수가 없다.

　가끔 이 같은 농담을 한다. "내가 죽기 전에 사과를 머리맡에 놓아 달라." 그만큼 사과를 좋아한다는 얘기. 그럴 리야 없겠지만 '사과 홍보대사' 제의가 들어오면 좋겠다. 봉지커피는 몸에 좋지 않다고 한다. 원두커피를 마시라고 했다. 한때 봉지커피를 끊기도 했지만 다시 마신다. 설탕 덩어리라고 하지만 맛있는 걸 어찌하겠는가.

　물론 예전보단 덜 마신다. 하루에 3개 정도. 오늘은 이미 말씀드린 대로 오전 중 광화문 교보에 들를 참이다. 그리고 점심 식사를 한 뒤 세종으로 내려갈 예정이다. KTX는 오송역에서 내린다. 페친께서도 즐거운 연휴 되시라.

바쁜。
하루。

　오늘 하루도 바쁘게 움직여야 한다. 아침 5시 45분 KTX로 대구에 내려가 강의를 한 뒤 서울 올라오다가 대전에 내려 페친 두 분을 만나기로 했다. 한 분은 처음 뵙는다. 물론 페북을 통해 소통은 해왔다. 대전은 내가 초등학교 6학년 때 올라와 고등학교까지 다닌 곳이라 더욱 정이 간다. 어렸을 때 추억이 많이 서린 곳이다.

　어머니도 2008년 12월 돌아가실 때까지 대전에 사셨다. 우리 5남매 가운데 형과 동생이 줄곧 대전에 살았다. 그런데 형님은 얼마 전 세종시로 이사했다. 노후를 그곳에서 보내겠단다. 올 추석부터 세종에서 차례를 지낸다. 대전에 살고 있는 동생도 세종으로 이사 갈 계획이다. 아파트 분양도 받아 놨다. 세종시도 경기도 용인처럼 대전의 위성도시가 됐다. 대전에서 이주하는 사람이 많다고 한다.

　대구 강의가 있는 날도 새벽운동은 거르지 않는다. 잠시 뒤 2시쯤 나가서 90분가량 걷고 들어올 참이다. 따라서 하루를 길게 쓴다. 페친께서도 멋진 하루 되시라. 굿모닝.

가을이 。
왔나봐요 。

내 노트북에 문제가 있는 것 같다. 페이스북 버전에서 타이핑을 하면 문자를 씹는다. 그래서 계속 글을 쓸 수 없다. 하지만 수정 계정으로 들어가면 괜찮다. 왜 그런지 모르겠다. 다소 불편하긴 해도 쓸 만은 하다.

각설하고, 밤낮으로 기온차가 크다. 가을이 성큼 다가왔다는 얘기다. 오늘 새벽도 그렇다. 바깥바람이 제법 쌀쌀하다. 그래서 활짝 열어 놓았던 창문도 닫았다. 한기도 제법 느껴진다. 하지만 한낮에는 여전히 덥다. 여름 햇볕 이상으로 따가운 것 같기도 하다. 오늘도 의미 있는 날이 될 것 같다.

미국 뉴욕에서 오신 페친 세실리아 한 님과 세 번째로 만나기로 한 날이다. 내 9번째 에세이집도 드릴 예정이다. 그분에게서 이미 두 권은 선금으로 받은 바 있다. 뉴욕에 계신 목회자 두 분께 드린다고 미리 돈을 건네셨다. 책도 나오기 전에 책을 판 셈이다. 그동안 한국 음식을 먹었다. 오늘 메뉴 역시 여의도 콩국수. 맛있게 잡숴 줘서 고마웠다. 그분은 오는 22일 출국할 예정이다. 미국에 다시 가셔도 행복한 날만 계속되기를 빈다.

벌초。

오늘 고향에 벌초하러 간다. 전국에 흩어져 살고 있는 사촌들이 모두 모인다. 비가 온다는 일기예보도 있어 조금 걱정도 된다. 그래도 일단 진행하기로 했다. 나는 기차로 내려간다. 장항선엔 KTX가 없다. 대천까지 새마을이나 무궁화 열차를 이용해야 하는데 아침시간엔 새마을도 없다. 그래서 무궁화 열차 표를 미리 끊었다. 6시 34분 차로 간다. 대천역엔 8시 59분 도착. 산소까지는 택시를 이용한다.9시 30분쯤 도착할 듯하다.

벌초는 집안의 가장 큰 행사. 연중행사라고 할 수 있다. 나에겐 특별한 의미가 있기도 하다. 9번째 에세이집 『오풍연처럼』이 나왔기 때문이다. 부모님 묘지 앞에 책을 놓고 기도를 할 참이다. 6년 전 첫 에세이집 『남자의 속마음』이 나왔을 때도 그랬다. 그땐 작가의 길을 다짐했었다. 결과적으로 그 약속은 지킨 셈이 됐다. 그동안 9권의 에세이집을 냈으니 말이다. 이젠 제법 작가 냄새도 난다고 한다. 남들이 그렇게 대우를 해준다. 앞으로도 글쓰기는 계속할 터. 정년도 없는 만큼 힘닿는 데까지 쓸 계획이다. 오풍연처럼.

하루 먼저。
하루를。

    내 닉네임은 '새벽을 여는 남자' 8번째 에세이집 제목과 똑같다. 그런데 닉네임을 바꿔야 할 것 같다. 요즘 들어 부쩍 자정 전에 일어난다. 밤 11시를 전후해 일어날 때가 많다. 물론 자는 시간도 더 빨라졌다. 8시도 못 돼 자는 것이다. 졸려서 도저히 견디지 못한다. 졸리면 자는 게 내 방식이라고 하지만 내가 생각해도 비정상이다.

    집 식구들한테 지청구도 많이 먹는다. 벌써 자면 어떡하느냐구. 오늘도 마찬가지. 실컷 자고 깨니 밤 11시. 그래서 자주 즐겨보는 8시 주말 드라마도 못 본다. 이틀 연속 그랬다. 고민할 이유는 없다. 하루 먼저 하루를 시작하면 된다. 또 졸릴 경우 다시 자면 된다. 누가 뭐라고 하거나, 말릴 사람도 없다. 나는 자유인이기 때문이다.

    산책을 나가는 시간도 빨라졌다. 새벽 3시에서 1~2시로. 이번 주도 흥분된다. 먼저 수요일엔 기다리던 9번째 책을 쥐게 될 것 같다. 무슨 일이 일어날지 모른다. 놈이 효자가 될 것 같은 기분도 든다. 아니어도 실망하지 않는다. 그것이 오풍연의 사는 방식이다.

술도。
음식이련만。

　10월 마지막 날이다. 딱 10개월이 흐른 것이다. 이제 남은 것은 두 달. 올해도 잘 마무리해야 한다. 나에게도 크고 작은 일이 많았다. 가장 큰 변화는 술을 완전히 끊은 것. 통풍 때문에 끊었지만 결과는 대만족이다. 내가 생각해도 신통방통할 정도다. 오풍연 하면 술로 대변될 만큼 좋아했고, 많이 마셨다. 그러던 내가 한 모금도 안 마시니 엄청난 변화라고 할 수 있다.

　술을 끊은 뒤로 자신감이 한층 더 생겼다. 그 전에도 자신감이 없었던 것은 아니지만, 이젠 뭐든지 할 수 있을 것 같다. 그 이유는 간단하다. 술을 마시고 혹시 있을지도 모를 실수를 걱정하지 않아도 되기 때문이다. 나도 사람인지라 술을 계속 마시다 보면 언제 실수할지도 모른다. 그런 우려가 사라졌다고 할까.

　술도 좋은 음식이다. 그러나 과음하면 더러 실수할 수도 있다. 그럼 지금까지 쌓아온 모든 것이 한순간에 날아가기도 한다. 그렇다고 나처럼 술을 끊으라는 얘기는 아니다. 오래 마시려면 적게 마셔야 한다. 술을 즐기면 된다. 따라서 과음은 절대 금물이다. 술을 많이 마셔 좋을 게 없다. 자랑해서도 안 된다. 모든 것이 그렇듯 지나쳐서 좋은 것은 없다. 명심하자.

내 점수는.
80점.

올해도 20일가량 남았다. 돌이켜보면 다사다난하지 않은 해가 없었다. 오히려 밋밋하다면 재미없을 터. 특히 나는 변화를 좋아해 끊임없이 새로운 것에 도전한다. 도전을 생활화하고 있다고 할까. 이번 학기 강의제목도 '자신감과 도전정신'이었다. 학생들에게 이처럼 강의를 하면서 내가 실천하지 않는다면 이율배반. 실천을 최우선으로 꼽는 이유이기도 하다.

아무리 작다 하더라도 약속을 했으면 실천해야 한다. 사소하다고 그냥 무시하면 안 된다. 실천은 작은 것에서 비롯된다. 그것이 쌓이다보면 큰 것도 이룰 수 있다. 나 스스로 점수를 매긴다면 몇 점을 줄 수 있을까. 80점은 줄 수 있을 것 같다.

우선 술을 완전히 끊었다. 어제 점심도 지인과 식당에 갔더니 주인아주머니가 술을 끊었느냐고 또다시 묻는다. 워낙 즐겼던 터라 믿기지 않는다고 했다. 그럼 단주는 성공한 셈.

책도 한 권(오풍연처럼) 더 냈고, 인터넷강의까지 영역을 넓혔다. 국민건강보험공단 칼럼도 어느 해보다 열심히 썼다. 새벽산책 역시 거의 거르지 않았다. 내년에도 크게 다르지 않을 터. 잠깐 말한 적 있는 '오풍연TV'를 생각하고 있다. 유튜브에 동영상으로 올리는 것. 페친께서도 한 해를 잘 마무리하시라.

운동도。
보약이다。

　겨울밤이 길다. 실컷 자고 일어났는데도 12시 30분. 저녁 8시 30분에 잤으니 그럴 만도 하다. 하루 4시간 취침은 변함이 없다. 올해 마지막 달 첫날이다. 사과를 한 개 깎아 먹고, 커피를 마시는 중이다. 나와 함께 하루의 시작을 알리는 전령이랄까. 비도 오고 해서 이틀간 운동을 하지 못했다.

　잠시 뒤 새벽 운동을 나가려고 한다. 12월 1일을 한강에서 맞이하는 것도 의미가 있을 듯싶다. 날씨가 궂거나 추워지면 운동을 하는 사람도 적다. 사람을 움츠리게 만든다. 나도 평일엔 새벽 운동 대신 여의도 공원을 걷기도 한다. 하지만 운동을 거르는 날은 거의 없다. 운동도 습관이다. 한 번 빼먹으면 계속 하기 싫어진다. 이것저것 따지지 말고 나가는 것이 좋다.

　잠도 보약이지만 운동도 보약이다. 운동을 하고 나면 잠도 잘 오고 식욕도 좋아진다. 굳이 약을 챙겨 먹을 필요도 없다. 경험상 내가 얻은 결과다. 운동의 효과는 거짓말을 하지 않는다. 어떤 운동이든 적극 추천한다. 자기 몸에 맞는 것을 골라 하면 된다. 운동을 하자.

내。
가족부터。

　11월 17일이 결혼 28주년이다. 눈 깜짝할 사이에 이만큼 세월이 흘렀다. 1986년 12월 입사한 뒤 이듬해 결혼했던 것. 내 나이 28살 때였다. 지금 같으면 다소 이른 나이에 결혼한 셈이다. 28살짜리 아들만 하나 두었다. 우리 부부에게 가장 소중한 자산이다. 녀석은 아직도 어린애 같다. 우리 눈에만 그렇게 비칠지도 모른다. 우리 부부 결혼 선물도 엄마에게 미리 주었단다.

　마침 그날 나는 휴가를 냈고, 아들도 휴무여서 함께 어디라도 갈 참이다. 아직 구체적인 장소는 정하지 않았다. 늘 강조하는 바지만 가족은 정말 중요하다. 무엇을 하든 제일 우선순위에 두어야 한다. 그래야 가정이 화목해지고, 웃음이 끊이지 않는다. 우리 집에서 웃음이 떠나지 않는 이유일 게다. 나도 처음부터 가족을 챙긴 것은 아니다. 젊었을 땐 그럴만한 시간도 없었다. 취재하느라 바빴고, 노느라 바빴다. 그러는 동안 가족을 등한시할 수밖에 없었다.

쉰 살 무렵부터 가족들에게 더 많은 시간을 할애한 것 같다. 시간이 없다는 것은 결국 핑계였다. 시간은 내가 만들면 된다. 특히 주말은 가족과 함께할 필요가 있다. 내가 요 몇 년 사이 골프를 멀리하는 이유이기도 하다. 골프를 하지 않아도 하등 지장이 없다. 그러다 보니 골프는 연례행사가 됐다. 1년에 손꼽을 정도로 필드에 나간다. 오늘은 대구 강의하러 내려가는 날. 평소보다 더 일찍 일어났으니 새벽 운동을 하고 내려가려고 한다. 모두 멋진 하루 되시라.

어머니의。
유언。

　얼마 안 있으면 어머니 기일이다. 돌아가신 지 만 7년째다. 이번 제사 때는 어머니께 면목이 설 것 같다. 생전 어머니의 말씀을 지키고 있기 때문이다. 어머니는 2008년 12월 14일 돌아가셨다. 임종 두 달 전쯤 아내와 함께 대전에 내려갔었다. 당시 어머니가 나에게 용돈 30만 원을 주셨다.

　그리고 사실상 유언을 하셨다. "둘째야, 너는 술만 안 마시면 된다. 이제 술을 끊어라." 그럼에도 술을 끊지 못했었다. 올 2월 들어서야 술을 끊었다. 몇 번 밝힌 대로 통풍으로 입원했던 게 결정적 계기가 됐다. 2월 3일 입원했다가 사흘 뒤 퇴원했다. 그때부터 지금까지 술은 한 모금도 마시지 않았다. 술을 끊겠다고 결심을 했다. 앞으로도 달라지지 않을 터. 당시 통풍은 어머니가 나에게 주신 선물로 생각하고 있다.

　술도 좋은 음식이다. 그러나 과음하면 결국 탈이 난다. 오래 즐기고 마시려면 적게 마셔야 한다. 나는 정말로 많이 마셨다. 평생 먹을 술을 그동안 다 마셨다고 할 수 있다. 요즘은 술자리에 가도 콜라나 사이다로 대신한다. 주변에서 술을 강권해도 자초지종을 얘기하면 고개를 끄덕인다. 가장 중요한 게 있다면

자기와의 약속을 실천하는 것. 다시 말해 결심을 하면 지켜야
한다. 단주도 그 일단이다.

새벽。
예찬。

새해 첫날도 일찍 잤다. 저녁 8시 뉴스가 시작하자마자 자러 들어갔다. 그랬더니 자정 조금 지나 깼다. 여전히 4시간 수면이다. 이 같은 생활 패턴에 대해서도 감사해야 할 것 같다. 나에게 많은 것을 가져다주었기 때문이다. 하루를 길게 쓰니까 여러 가지 일을 할 수 있다. 남들보다 하루 2~3시간은 더 쓰는 셈이다.

이게 모여 하나의 결실로 이어진다. 페이스북을 여유 있게 할 수 있는 것도 그렇다. 9권의 에세이집을 낸 것과 무관치 않다. 이 시간이 정신도 가장 맑다. 그때 글을 쓰는 것이다. 10번째 에세이집 원고도 완성됐다고 말씀드린 바 있다. 제목도 이미 정해 놓았다. '새벽 찬가'이다. 나와 새벽은 떼려야 뗄 수 없다. 오풍연 하면 제일 먼저 떠오르는 것이 새벽이다.

이제 새벽 없는 오풍연은 생각할 수 없다. 새벽과 오풍연은 등식이 성립한다고 할까. 이번 원고도 달라는 출판사가 있으면 그냥 드리겠다. 지금까지 늘 그래왔다. 10권이라서 더 의미는 있을 듯싶다. 하지만 언제 나올지 모른다. 물론 서두를 생각도 없다. 일은 서두른다고 되지 않는다.

해피 뉴 이어.

사흘。
연휴。

1월 1일부터 3일까지 쉰다. 원래 금요일 근무인데 신문 제작을 하지 않아 쉬게 됐다. 달리 잡은 약속도 없다. 집에서 가족들과 함께 보낼 예정이다. 사흘 연휴 중 하루 정도 나들이를 할까 한다. 파주나 인천공항 쪽을 생각하고 있다. 초등학교 친구 부부와 함께 움직일 계획이다.

신문사 생활을 하면서 사흘 연휴는 아주 드문 일. 일요일도 신문 제작을 하기 때문이다. 이번엔 운이 좋았다고 할 수 있다. 금요일과 일요일은 논설위원들이 절반씩 근무한다. 그래서 주 5일 근무가 가능한 것. 다른 신문사에 비해 근무 여건이 좋은 편이다. 병신년 새해도 특별한 구상은 없다. 지금 하는 일 그대로 한다.

방학 중이라 매주 목요일 대구에 내려가지 않고 신문사로 출근한다. 3월 개강하면 다시 내려가게 될 터. 대구에 안 내려가니까 한 주가 조금 길게 느껴진다. 학기 중에는 일주일이 금세 지나가는 것 같은 느낌을 받는다. 새해 목표가 있다면 건강이다. 그동안 해온 것처럼 운동을 꾸준히 할 터. 페친께서도 신년 계획을 잘 세우시라.

운동도。
습관이다。

또 내가 좋아하는 오늘이 밝았다. 바깥 날씨가 너무 추워 어제, 오늘은 새벽 운동을 나가지 않았다. 옷을 많이 껴입고 나가면 되겠지만, 행여 감기라도 걸리면 안 나간 것만 못하다. 모든 것이 그렇듯 운동도 지나치면 손해다. 더러 우둔한 사람들을 본다. 무릎이 좋지 않은데 등산을 하는 부류들이다. 그 경우 무릎이 망가지는 것은 말할 나위가 없다. 산을 내려올 때 체중 부담이 크기 때문이다.

그런 점에서 볼 때 걷기가 가장 안전하다. 평지를 걷는 만큼 무릎에 부담도 없다. 또 조금 과하다 싶을 땐 중간에 돌아오면 된다. 나는 보통 새벽에 두 시간가량 걷는다. 때문인지 1시간 거리는 식은 죽 먹기와 같다. 매일 등산하는 것처럼 정복감을 느낀다. 머릿속으로 하루 걸을 거리를 그린다. 그다음 실행에 옮긴다.

다 걷고 들어오면 그렇게 개운할 수가 없다. 오늘처럼 새벽 운동을 건너뛸 땐 회사에서 걷는다. 여의도 공원이 지척에 있어 걷기 안성맞춤이다. 나는 정확히 오후 4시에 나간다. 공원을 한 바퀴 돌고 돌아오면 40분가량 걸린다. 운동도 습관. 가능하면 매일 하는 것이 좋다. 나의 운동 원칙이다.

골든 타임。

벌써 아침 식사를 했다. 보통 새벽 1~2시 사이에 먹는다. 그때 일어나기 때문이다. 아침 식사라야 사과 1개와 봉지커피 1개. 둘 다 무지하게 맛있다. 그 다음부터 황홀한 시간이 이어진다. 나는 이 시간을 골든타임이라고 한다. 새벽 2시부터 5시 사이. 대부분 잠자는 시간이다. 하지만 나는 가장 왕성하게 활동한다.

하루 중 정신도 최고로 맑다. 맨 먼저 하는 일은 페이스북에 글 올리기. 이처럼 일기 형식으로 매일 쓴다. 전날 일어났던 일을 되돌아보면서 하루를 시작한다고 할까. 나에겐 반성의 시간이기도 하다. 좋은 점이 많다. 우선 시행착오를 최소화할 수 있다. 날마다 나를 점검하는 만큼 오류를 줄일 수 있다는 얘기다. 그리고 착해지자고 다짐한다. 선한 생각, 선한 마음을 갖는 것이 중요하다.

그러려면 악한 마음을 지워버려야 한다. 마음 한구석에 그것이 남아 있으면 안 된다. 어머니가 선한 인자를 우리 5남매에게 주셨다. 항상 고맙게 생각하고 있다. 오늘은 어머니 제사. 형제들도 모두 세종에 모인다. 의미 있는 하루가 될 것 같다.

걸을 때 。
가장 행복해 。

　2016년에도 나의 화두는 건강이다. 건강 말고 더 바라는 게 없다고 해도 과언이 아니다. 건강은 삶의 질과 직결된다. 그것을 잃으면 모든 것이 허사다. 건강의 적은 스트레스. 살아있는 한 스트레스를 안 받을 순 없다. 그럼 어떻게 해야 할까. 적게 받는 것이 최선이다. 나는 거의 스트레스를 받지 않고 사는 편이다.

　무엇보다 마음을 비웠기에 가능하다. 욕심이 없으니 무엇에 쫓길 리 없다. 꼭 하고 싶은 것도 없다. 그냥 물 흘러가듯 산다. 무리를 하지 않는다는 얘기다. 다만 건강은 챙긴다. 그 첫 번째가 걷기다. 나는 걸을 때 가장 행복을 느낀다. 매일 새벽 두 시간가량 걷는다. 남들은 지루하지 않느냐고 묻는다.

　만약 지루함을 느낀다면 그렇게 걸을 수 없다. 나는 기쁘기 짝이 없다. 하늘을 날듯, 물 위에 붕붕 떠다니듯 가벼움을 느낀다. 오늘도 잠시 뒤 3시엔 걸으러 나간다. 유익한 하루 되시라.

배려。

　이번 주는 숨 고르는 한 주가 될 것 같다. 점심 약속만 2개 있다. 이젠 기말고사까지 모두 끝나 대구에 안 내려간다. 그래서 목요일도 회사로 출근한다. 나는 저녁 약속을 최소화하다 보니 주로 점심을 한다. 지인들도 대부분 여의도로 찾아온다. 우리 신문사의 마감시간을 감안해서다.

　보통 오후 2시 전에 기사 마감을 하는 편이다. 늦어도 오후 3시. 1시까지는 회사에 들어와야 다소 여유가 있다. 때문에 점심도 일찍 나간다. 구내식당을 이용하면 식사를 하고도 12시 전 회사로 돌아온다. 수요일 점심은 논설실 송년회. 논설위원이라야 전부 4명이다. 6명에서 2명이 줄었다. 사람이 적어 빡빡하다. 하루 사설 및 칼럼 출고량은 3~4개. 거의 매일 출격(기사 쓰는 날 비유)하는 셈이다.

종합지는 이틀에 한 번 꼴로 출격한다. 논설위원끼리 농담도 더러 한다. "우린 사설 쓰는 기계야." 넷 다 논설위원 경력만 최소 5년 이상이다. 프로가 안 될 수 없다. 정예화되어 있다고 할 수 있다. 묘하게도 두 개 언론사 출신으로 포진돼 있다. 중앙일보 출신 2명, 서울신문 출신 2명이다. 대학도 두 대학. 서울대, 고려대 각각 2명이다.

　나는 다른 논설위원들에게 늘 미안한 마음을 갖고 있다. 학기 중에는 하루 오프를 받아 대학 강의를 하기 때문이다. 내가 빠진 만큼 다른 분들이 더 일을 해야 한다. 배려해주는 논설위원과 회사 측이 고맙다. 더 열심히 일을 해야 하는 이유이기도 하다.

나에게.
새벽이란.

내가 일찍 일어나고, 새벽마다 산책하는 것을 대부분 알 게 다. 나의 하루 일상이기 때문이다. 적어도 1시 이전에는 일어난다. 그래서 가장 많이 받는 질문도 취침시간이다. "도대체 몇 시에 주무십니까." 저녁 9시를 넘기지 않는다. 아니 졸려서 그때까지 있지를 못한다. 그것 또한 습관이 됐다.

물론 저녁 약속이 있을 땐 다르다. 하루 네 시간 자기 때문에 1시 이전에 일어나는 것. 오늘 역시 12시 40분 기상. 사과도 1 개 깎아 먹었다. 무지하게 맛있다. 그리고 봉지 커피 한 잔. 아침식사도 1시쯤 하는 셈이다. 그리고 점심을 먹으니 얼마나 맛있겠는가. 겨울엔 날씨가 춥다. "추워도 운동을 나갑니까." 추위는 이유가 안 된다. 옷을 두껍게 입고 나가면 된다. 운동을 하다보면 땀도 약간 난다.

비가 올 땐 운동을 건너뛴다. 비를 맞으며 걸은 적은 없다. 여름에 더러 소나기를 만나기도 하지만. 이 같은 패턴이 내 브랜드가 되다시피 했다. '새벽을 여는 남자' 8번째 에세이집 제목이기도 하다. 이제 새벽이 없는 오풍연은 생각할 수 없다. 2015년 12월 17일 새벽 단상이다.

기자생활。
만 29년 되는 날。

입사한지 만 29년 되는 날이다. 1986년 입사했으니 30년째로 접어든다. 당시 서울신문은 기자, KBS는 PD로 동시 합격해 놓고 고민을 했다. 결국 기자의 길을 걸었다. 지금 생각해도 잘 선택한 것 같다. 지난날이 화려하진 않았지만 나름 의미 있었기 때문이다. 역사의 현장을 오롯이 지켜볼 수 있었다. 기자의 특권이라고 할까.

가장 고마운 사람은 가족, 그중에서도 아내다. 오늘의 나를 있게 해준 은인이기도 하다. 아내의 도움이 없었더라면 언론사 입사는 어려웠을지도 모른다. 6개월 동안 학교 도서관 자리를 잡아주었다. 그 결과는 두 군데 합격으로 이어졌다. 기자 생활 30년은 채울 수 있을 것 같다. 50년까지도 했으면 좋겠다. 그것은 내 욕심. 마지막 순간까지 최선을 다할 생각이다. 회사 측의 배려로 대학 강의까지 하고 있으니 감사할 따름이다.

대학 교수는 인생 2막과 함께 시작했다. 강단에는 70까지 설수 있으리라고 본다. 그러기 위해선 나를 철저히 관리해야 한다. 건강 역시 그중의 하나. 새벽마다 열심히 걷는 이유이기도 하다. 내 인생에서 요즘이 황금기라고 할 수 있다. 더 이상 바라지도 않는다. 글쓰기와 강의에 지극히 만족한다. 설레는 새벽이다.

걷기。
전도사。

초저녁에 자고 일어났더니 기분이 좋다. 그저께 잠을 설쳐 어젠 조금 피곤했었다. 그래서 일찍 잤다. 졸리면 고민할 필요가 없다. 그냥 자면 된다. 8시도 안 돼 잘 때도 있다. "그 시간에 잠이 오느냐"는 질문을 곧잘 받는다. 졸리니까 잔다. 잠이 오는데 자지 않으면 잠을 설칠 수 있다.

내가 처음부터 잠을 잘 잤던 것은 아니다. 7~8년 전만 해도 불면증 때문에 무척 고생을 했다. 이 병원, 저 병원 찾아다니며 상담을 한 적이 있다. 물론 약물 치료도 받았다. 그러나 효과를 보지 못했다. 전혀 나아지지 않았다. 사흘 꼬박 샌 적도 있다. 하루 이틀 잠을 못 자는 날은 셀 수 없을 정도. 그때 내린 결론이 있다.

"내 병은 내가 고친다." 운동을 하게 된 결정적인 계기다. 지금은 새벽마다 13km 정도 걷는다. 처음 시작할 땐 5km가량 걸었다. 차츰 걷는 시간과 거리를 늘렸던 것. 걷기 효과는 여러 차례 언급한 바 있다. 우선 잠이 잘 온다. 그리고 식욕도 좋아진다. 운동을 하고 난 다음에는 무엇을 먹어도 맛있다.

나의 아침 식사는 사과 1개, 봉지커피 1개. 몇 시간 뒤 점심
은 꿀맛이다. 지금은 '걷기 전도사'를 자처한다. 운동 효과는 여
러 지표로도 나타난다. 건강검진을 해보면 안다. 걷자.

아프면。
안 돼。

　오른쪽 손목이 시큰댄다. 보통 4시간 자고 일어나는데 손목이 아파 더 일찍 깼다. 어제 새벽부터 시큰거렸다. 초강력 파스를 붙였더니 나아지는가 싶었다. 그런데 어제 저녁부터 다시 아프기 시작했다. 왜 그런지 영문을 모르겠다. 무리를 하지 않았는데도 말이다. 작년 이맘때도 손이 아파 반 깁스를 한 적이 있다.

　8번째 에세이집 『새벽을 여는 남자』를 내고 그랬다. 파스를 또 붙였다. 어제도 낮엔 괜찮았다. 계속 아프면 병원에 가보아야 할지 모르겠다. 다행히 컴퓨터 자판은 두드릴 수 있다. 어쨌든 아프면 불편하다. 아프지 말아야 할 이유다. 사람 몸은 기계와 달리 조금만 아파도 신호가 온다. 그리고 아프면 빨리 치료해야 한다. 방치하면 더 키울 수 있다. 날씨가 추워진단다. 감기에 걸리지 않도록 조심하자.

건강비결 。

    다시 하루 만에 정상으로 돌아왔다. 정확히 네 시간 잤다. 8시 40분 취침, 12시 40분 기상. 신기할 정도로 눈이 떠진다. 잠자기 대회라도 있다면 입상할 수 있을 것 같다. 몸도 개운하다. 다만 새벽운동은 하루 이틀 더 쉬려고 한다. 물론 어제도 손목이 아파 못 나갔다. 손목 통증은 거의 다 나았다. 약의 효과를 톡톡히 본 셈이다. 계속 아팠다면 어찌했을까 상상하기조차 싫다.

    통풍은 굉장히 아프다. 참을성 많은 나도 견디기 어렵다. 결론은 딱 하나. 아프지 말아야 한다는 것. 미리 손쓰면 어느 정도 가능하다. 뭐든지 원인 없이 아프진 않을 터. 지난 번 입원했을 땐 술에서 그 원인을 찾았다. 그러나 이번엔 아니다. 술 이외에 다른 원인이 있다는 얘기.

    얼마 전 건강검진 결과 나쁜 콜레스테롤 수치가 좀 높게 나왔다. 그것이 원인인지도 모르겠다. 그래서 어제 병원에서 그 처방도 받았다. 그 밖의 모든 수치는 정상이다. 잘 자고 잘 먹으면 된다. 최고의 건강관리라고 할 수 있다. 멋진 하루 되시라.

개문만복래 。

　다시 근무하는 일요일이다. 원래 쉬는 날인데 다른 논설위원과 바꿔 금요일 대신 쉬고 오늘 일한다. 일요일은 보통 이른 점심을 먹고 출근한다. 회사와 집이 가깝기 때문이다. 집에서 회사까지 지하철로 세 정거장이다. 거리로는 4km 정도. 서울에서 이 정도 거리는 코앞이라고 할 수 있다. 출퇴근 때 1~2시간 길에서 버리는 사람도 적지 않다. 나는 25분 안팎 걸린다.

　집에서 가까운 만큼 여유가 있다. 걸어와도 40분이면 족하다. 나는 사무실이 누추해도 개방을 한다. 사는 모습을 보여주기 위해서다. 먼저 사무실로 오시라고 해 차를 한잔 한 뒤 식사를 함께 한다. 물론 집도 마찬가지다. 집에는 사람이 찾아와야 한다. 그런데 점점 왕래가 적어진다. 집에서 식사 대접하는 경우는 드물다. 형제끼리도 밖에서 만나는 세상이다.

　우리 집은 '당산카페' 내가 붙인 이름이다. 사람들을 몰고 자주 집으로 왔었다. 물론 요즘은 거의 없다. 저녁 약속을 하지 않고, 술도 안 마시니 그럴 기회도 사라졌다. 하루가 멀다 하고 사람을 데려와도 묵묵히 뒷바라지해준 아내가 고맙다. 그 고마움을 지금 조금씩 갚아나가고 있다. 사람 냄새 나던 옛날이 그립기도 하다.

건강.

　5년 뒤의 나는 어떤 위치에 있을까. 우리 나이로 61살, 환갑이다. 특별한 계획은 없다. 지금 하고 있는 일을 계속할 가능성이 높다. 논설위원, 대학 초빙교수, 작가, 외부 칼럼니스트. 넷다 비정규직이다. 따라서 불확실한 것도 사실이다. 내 신조는 매일 최선을 다하는 것. 내일을 걱정하지 않는 이유이기도 하다. 걱정한다고 될 일은 없다. 그럴 시간이 있으면 보다 노력하는 것이 훨씬 낫다. 뭐든지 공을 들인 만큼 돌아온다. 이 세상에 공짜가 없다는 얘기다.

　복은 그냥 굴러들어오지 않는다. 내가 가장 신경 쓰는 대목은 건강이다. 건강이 뒷받침돼야 뭐든지 할 수 있기 때문이다. 그것을 잃으면 아무것도 할 수 없다. 누구를 만나도 똑같은 얘기를 한다. 명예도, 재산도 건강 다음이다. 아등바등 대면 건강도 잃는다. 여유를 갖자. 그것은 자신감에서 비롯된다.

카톡 때문에.
잠을 설쳐요.

"자정부터 아침 6시까지는 카톡이나 메시지를 보내지 말아야 합니다." 모임에서 한 지인이 말했다. 물론 나를 두고 한 말이다. 내가 새벽 2~3시쯤 글을 올리는 것에 대해 불만을 토로했다. 그 시간 잠자는 사람들의 수면을 방해할 수 있다는 얘기. 페이스북, 카톡, 메시지, 밴드 등 알림을 켜 놓을 경우 소리가 나거나 울리기 때문일 터. 그럼 자다가도 무의식적으로 확인하게 된다고 말했다.

그동안 내 생각만 했던 것 같다. 나는 모두 알림을 꺼놓아 지장을 받지 않는다. 그러나 일부러 알림을 켜 놓은 경우도 있고, 몰라서 알림을 끄지 못한 사람도 있을 게다. 이 같은 항의(?)를 이전에도 받은 적 있다. "풍연이 서방님 때문에 새벽잠을 설쳐요" 대전에 계신 사촌 형수님이 밴드 진동 때문에 자다가 깬다고 했다.

그러나 일찍 올려주면 좋다는 분들도 적지 않다. 눈을 뜨자마자 내 글부터 본다는 것. 하지만 한 사람에게라도 불편을 끼친다면 글을 나중에 올리는 것이 맞다. 굳이 그 시간에 올리지 않아도 된다. 그래서 오늘부턴 새벽 5시 이후 올리기로 했다. 마침 어젠 저녁 약속이 있어 늦게 들어왔다. 자정을 넘겨 갔다. 아주 드문 일. 오늘도 즐거운 하루 되시라.

내 인생의 。
지향점 。

  이틀간 집에서 푹 쉬었다. 마트와 백화점에만 잠깐 나갔다 들어왔다. 하루 종일 비가 온 때문이기도 하다. 오늘은 새벽 운동도 하지 못했다. 모처럼 집에 있는 것도 좋다. 우선 편하다. 때론 낮잠도 잔다. 사람에게 휴식은 꼭 필요하다. 인간의 몸은 기계와 달라 무리하면 탈 난다. 그래서 아껴 써야 한다.

  자기 몸을 혹사시키는 사람도 본다. 운동도 너무 지나치면 아니 한만 못하다. 심하게 등산을 하거나 운동을 하다가 다치는 경우도 본다. 미련하다고 할까. 몸의 상태는 자기가 가장 잘 안다. 피곤하면 쉬는 것이 맞다. 또 졸리면 참지 말고 자야 한다. 나의 생활 습관이기도 하다. 절대로 무리하지 않는다. 그래서 매일 유쾌하게 지낼 수 있다. 유쾌, 통쾌, 상쾌. 내 인생에서 추구하는 바다.

왜.
새벽이냐구요.

    또 새벽이다. 하루 중 내가 가장 좋아하는 시간. 1시 30분에 기상했다. 역시 사과 1개, 커피 한 잔으로 하루를 연다. 새벽은 나에게 여러 가지 선물을 가져다주었다. 그중 9권의 에세이집은 지금까지 성과물이라고 할 수 있다. 낮에 한가롭게 보이는 나를 보고 언제 책을 썼느냐고 묻는다. 새벽 얘기를 하면 그제야 고개를 끄덕인다.

    하루 새벽은 짧을 수 있다. 그러나 그것이 1개월, 반년, 1년, 5년, 10년 쌓이면 큰 재산이 된다. 지난 10년간 거의 하루도 빠짐없이 새벽을 즐겼다. 눈뜨면 글부터 쓴다. 그것이 모아져 9권의 책으로 나왔다. 실제로 나만큼 새벽을 즐기는 사람도 없을 게다. 나는 새벽을 '황홀'하다고 표현한다. 누구의 간섭도 받지 않고 나만의 시간을 갖는다. 무엇보다 자유로움을 만끽한다. 혼자 상상의 나래를 무한대로 펴니 즐거움 그 자체다.

내가 나에게 묻고 대답하는 형식이다. "나는 누구인가. 왜 사는가. 잘 살고 있는가." 여기에 나쁜 생각이 비집고 들어올 수 없다. 항상 유쾌한 생각만 한다. 그러니 즐거울 따름이다. 모두 잠든 시간에 나만의 시간을 갖는다고 생각해 보아라. 이 세상을 모두 가진 느낌이 들 때도 있다. 그래서 황홀하다고 한 것이다.

처음엔 새벽에 일어나는 것이 힘들 수 있다. 하지만 몸에 배면 저절로 눈이 떠진다. 일찍 일어나면 자신감도 생긴다. 에너지가 샘솟기 때문이다. 저와 함께 새벽을 즐겨보지 않겠습니까.

또 하루를。
시작하며。

    나는 아침 식사도 **빨리** 한다. 보통 새벽 2시에 먹는다. 사과 1개, 봉지커피 한 잔이 전부다.

    소박한 식탁이라고 할까. 먼저 사과를 깎아 먹는다. 정말 맛있다. 둘이 먹다 하나가 죽어도 모른다고 할까. 특히 수확철인 요즘 사과 맛이 최고다. 파삭파삭하고 과즙도 많다. 하루에 1개 이상 먹으니 1년에 400개는 족히 먹을 듯하다. 마트에 가도 제일 먼저 사과를 찾는다. 나에게 주식인 셈이다.

    지인들에게서 더러 사과상자를 선물 받을 때도 있다. 사과를 좋아하는 것을 알고 보내오는 것. 그 다음 봉지커피를 마신다. 크림과 설탕이 많이 들어있어 나쁘다고 하지만 뗄 수 없다. 맛있는 것을 어찌하랴. 다만 예전에 비해 덜 마실 뿐이다. 회사에서는 봉지커피를 치워 원두커피를 마신다. 『오풍연처럼』 책과 '오풍연 넥타이'에 사과와 커피가 들어간 이유이기도 하다.

기상시간은 12시 30분에서 1시 30분 사이. 3시엔 어김없이 운동을 나간다. 혼자 걷는 안양천 산책로가 좋다. 내가 걷는 시간엔 사람이 거의 안 보인다. 나 혼자 자유를 만끽한다고 할까. 혼자 걸어도 지루하지 않다. 5시에서 5시 30분 사이 집에 들어온다. 한강합수부 '오풍연 의자'에서 10~30분가량 쉰다. 강바람을 맞으며 하루를 시작하는 것. 오늘도 다르지 않다.

건강검진 。

　건강검진 결과가 나왔다. 종합검진이 아니라 피검사와 X−레이, 소변검사 등 약식으로 한 것. 다른 것은 모두 정상인데 콜레스테롤이 조금 높게 나왔다. 특히 나쁜 콜레스테롤 수치가 높았다. 운동과 상관없는 모양이다. 담당의 소견과 인터넷을 뒤져 보니까 식생활 습관과 관련이 있단다.

　좋은 음식, 나쁜 음식 등이 나와 있었다. 결과적으로 나쁜 음식을 가까이 한 데서 원인이 있는 것 같았다. 나는 음식을 가리지 않고 모두 잘 먹는 편이다. 튀김 등 기름진 음식도 좋아한다. 특히 면 종류를 즐긴다. 앞으론 조금 멀리해야 할 것 같다. 수치가 높아서 좋을 것은 없다. 거듭 말하지만 건강은 건강할 때 챙겨야 한다. 많이 나빠진 다음에는 돌이킬 수 없다.

　의사들은 채식 위주의 식생활을 권한다. 그리고 적당한 운동. 운동은 하루도 빠지지 않고 걸으니 충분할 듯하다. 건강검진은 예방주사라고 할 수 있다. 적어도 1년에 한 번은 받아야 한다. 건강의 중요성은 새삼 강조할 필요가 없다.

사과。
그리고 봉지커피。

　사흘 만에 정상으로 돌아왔다. 2시 이전에 일어났다. 눈을 뜨자마자 사과부터 한 개 깎아 먹는다. 그리고 봉지 커피를 마신다. 둘 다 나의 새벽을 알리는 전령이다. 추석 전 철원 어머니가 보내주신 사과를 여태껏 먹는다. 나 혼자 먹기 때문이다. 집 식구들은 다른 사과를 먹는다. 사과를 좋아하는 나를 배려해서다. 사과의 육질이 딱딱하다. 그리고 과즙도 풍부하다. 크지는 않지만 정말 맛있다.

　봉지커피도 빼놓을 수 없다. 남양 프렌치카페믹스. 아내가 맥심 커피 대신 사왔다. 봉지커피는 예전에 비해 덜 마신다. 요즘은 하루 3~4개. 식사를 한 뒤 1개 정도 먹는다. 내 책 표지에 빨간 사과와 커피가 들어간 이유다. 조금 이따가 3시에 운동을 나갈 참이다. 집에는 5시 20분쯤 돌아온다. 나에게 가장 즐거운 시간이다.

　혼자 걸어도 전혀 지루함을 느끼지 않는다. 날아갈 듯 기분이 좋다. 나는 '황홀'하다고 표현한다. 그리곤 일요 근무. 나흘 만의 출근이다. 유쾌하게 근무할 수 있을 터. 오늘 나의 하루 스케줄이다.

오래。
건강하셨으면。

　나와 새벽을 함께하는 페친께서는 어제 무슨 일이 있었느냐
고 묻는 분들도 있을 것 같다. 오늘 새벽은 2시를 전후해 올리
는 글을 볼 수 없었을 게다. 어제 장시간 운전을 한 탓이다.

　철원에서 오후 5시쯤 출발했는데 당산동 집엔 9시쯤 도착
했다. 한 번도 쉬지 않고 무려 4시간이나 운전했다. 거리로는
110km 남짓. 그런데 포천부터 내내 차가 밀렸다. 가다 서기를
수없이 반복했다. 포천이 개발된 것과 무관치 않다. 옛적 한가
하던 송우리는 아파트촌으로 태어났다.

　씻고 11시쯤 잤다. 평소보다 2시간 30분가량 늦게 잔 것. 새
벽 2시 30분쯤 깼지만 정신을 차릴 수 없었다. 그래서 다시 잤
다. 아주 드물게 있는 일이다. 이처럼 졸리면 잔다. 이젠 몸이
개운하다. 어젠 수양어머니, 아버지와 함께할 수 있어 좋았다.
부모님이 새로 생긴 느낌이다. 두 분께도 잘해 드리고 싶다. 그
러려면 자주 찾아뵈어야 한다. 두 분 모두 100수를 누리시면
좋겠다. 건강하시기 때문에 가능하리라고 본다. 지금 운동을
나가면 한강의 여명을 볼 수 있을 것 같다. 좋은 주말 되시라.

누브티스의 。
멋진 밤 。

　최근 들어 가장 늦게 일어났다. 새벽 3시 10분 기상. 어제 성
북동 누브티스에 갔다가 밤늦게 돌아왔기 때문이다. 피터 오 초
대전에서 좋은 분들과 즐거운 밤을 보냈다. 특히 아내가 좋아했
다. 하이라이트는 패션쇼. 참석한 사람들이 모두 모델이다. 나
도 워킹을 했다. 주제는 밀리터리 룩. 하나같이 군복을 입고 누
브티스 홀을 걸었다. 프로 못지않은 워킹을 뽐내는 분도 있었
다. 웃음꽃이 터졌음은 물론이다. 모두들 행복해 보였다.

　이경순 대표님이 맛있는 음식도 선보였다. 거기에다 와인까
지. 나는 술을 끊은 터라 콜라로 대신했다. 여러 사람과 명함도
주고받았다. 처음 뵙는 분들과도 금세 가까워질 수 있었다. 내
취침시간을 훨씬 넘겨 집에 왔다. 오면서 아내에게 말했다. "행
복이 따로 없잖아. 이런 것이 행복이야." 아내도 동의했다. 때
문인지 잠도 푹 잤다. 조금 이따가 새벽운동을 나간다. 날씨가
쌀쌀해진다는 일기예보다. 가을이 성큼 온 듯하다. 또 하루를
이렇게 시작한다.

성공과.
실패.

대구에 강의하러 내려가는 날이다. 지난주는 기분 좋게 강의를 했다. 오늘도 그랬으면 좋겠다. 매번 혼신의 힘을 다해 강의를 한다. 나한테 배울 점이 있다면 하나라도 배우라고 얘기한다. 내가 가르치는 과목은 교양과목. 지식을 쌓는 전공도 아니다. 그냥 잘 듣고 이해하면 된다.

가장 중요한 것은 실천이다. 아무리 좋은 강의를 들은들 실천으로 옮기지 않으면 소용이 없다. 누구든지 말로는 좋은 내용을 얘기한다. 이론에는 차이가 나지 않는다. 그러나 실천으로 들어가면 말이 달라진다. 내가 언행일치를 강조하는 이유다.

그럼 나는 어떤가. 내가 한 말은 가급적 지키려고 노력한다. 90% 이상은 실천한다고 할 수 있겠다. 그래서 빈말은 삼가고 있다. 자기와의 약속이 보다 중요하다. 남이 안 본다고 지키지 않으면 안 된다. 성공과 실패의 분수령도 자기와의 약속을 지키느냐에 달렸다. 그것을 이행하는 사람은 성공에 한 발짝 더 다가설 수 있다. 그렇다고 내가 성공했다는 얘기는 아니다. 다만 실패했다는 말은 듣고 싶지 않다.

달밤에 。
체조하기 。

요즘 기상시간은 자정 전이다. 8시도 못 돼 잘 때가 많다. 졸려서 못 견딘다. 졸리면 자는 것이 내 스타일. 하루 먼저 하루를 시작하는 날이 많아졌다. 일반 사람의 눈에는 아주 비정상으로 비칠 터. 나도 잠자는 시간을 늦추기 위해 무척 애를 쓰는 편이다. 그래도 소용이 없다.

잠은 정확히 네 시간 잔다. 몇 시에 자든 4시간을 자면 저절로 눈이 떠진다. 새벽 1시쯤 일어났는데 기상시간이 점점 빨라진 것. 그러다보니 심야 운동도 자주 한다. 3시에 나가던 운동도 1~2시에 나서는 것. 운동시간 역시 1시간 정도 길어졌다. 요즘은 2시간 30분가량 걷는다. 새벽에 걷는 거리도 9km에서 13km로 늘었다. 달밤에 혼자 체조하는 격이다.

하지만 즐겁다. 내 표현방식을 빌리면 황홀 그 자체다. 모두 잠든 시간에 글 쓰고, 운동하기. 10여 년째 이 같은 생활을 하다 보니 습관이 됐다. 9번째 에세이집 제목 『오풍연처럼』이 나온 이유다. 조금은 남과 다르기 때문이다. 어디 한번 '오풍연처럼' 해보시겠습니까.

내게。
불가능은 없다。

오늘 근무하면 나흘 연휴다. 노는 것은 좋다. 연휴 마지막 날인 29일은 근무한다. 따라서 사흘 쉬는 셈이다. 아내와 둘이 세종시에 차례 지내러 내려간다. 아들은 추석날 근무. 아내는 몇 년 만에 가는지 모르겠다. 그동안 어지럼증 때문에 못 내려 갔다. 지금은 예전에 비해 많이 나아졌다. 그래서 내려가는 것.

어지럼증은 본인만 고통을 겪는 고질병이다. 겉으론 멀쩡해 보인다. 꾀병을 부린다는 얘기도 종종 듣는다. 나 역시 두통으로 오랫동안 고생을 했다. 온갖 검사를 받아봤어도 원인은 모른다. 그러면 병원에서 하는 말이 있다. 스트레스 때문이란다. 운동을 통해 두통을 고칠 수 있었다.

"내 병은 내가 고친다." 내가 역으로 다짐한 말이다. 새벽마다 열심히 걸었다. 그 결과 정말 몸이 좋아졌다. 두통에서도 해방됐다. 뭐든지 포기하지 않으면 이길 수 있다. "나는 할 수 있다."는 자신감이 필요하다. 이 세상에 불가능은 없다. 나의 좌우명이기도 하다.

나는.
오늘도 걷는다.

어제와 그제는 심야 운동을 했다. 평소보다 훨씬 일찍 일어났기 때문이다. 초저녁에 자고 자정도 안 돼 깼다. 운동시간도 30분 정도 더 늘렸다. 서울 당산동 집을 출발해 목동교−오목교−신정교−오목교−목동교−양평교−양화교−한강합수부−양화교−양평교−목동교−집으로 해서 돌아오는 13km 코스다. 이 시간에 자전거 타는 사람들은 적지 않게 본다. 주로 대학생 등 젊은이들이 많다. 서너 명이 함께 돌아다닌다.

혼자 걷는 사람은 내가 거의 유일하다. 두 시간가량 걷는데 한두 사람 볼까말까 한다. 내가 걷기 예찬론자가 된 것은 우연이 아니다. 5년 전부터 정말 열심히 걸었다. 비가 억수로 퍼붓는 날을 제외하곤 걷지 않은 날이 없다. 물론 몸이 아파 빠진 적은 있다. 1년에 대략 3,000~3,500km쯤 걷는 것 같다. 그러다 보니 운동화도 한 컬레로는 부족하다. 바닥이 닳아서 못 신는다. 싸구려 제품은 4개월밖에 못 신었다. 홈쇼핑을 보고 두 컬레를 샀는데 4개월도 못 신고 버렸다. 그 신발 역시 바닥이 해어졌다. 열심히 걷는다는 얘기와 다름없다.

오늘도 일찍 일어났다. 심야운동 대신 새벽운동을 하려고 한다. 보통 3시에 나간다. 그리고 4시 30분에 돌아온다. 일요일 근무. 이틀 잘 쉬었으니 열심히 일해야 되겠다.

누브티스의 。
밤 。

　어제 성북동 누브티스에서 놀다 오느라 밤 11시 넘어 잤다. 최근 들어 밤 11시를 넘긴 경우는 없었다. 그래도 네 시간쯤 자고 새벽 2시 45분에 일어났다. 더 자려고 해도 저절로 눈이 떠진다. 습관이란 이처럼 무섭다. 하루 네 시간 수면을 실천한다고 있다고 할까.

　성북동은 아내도 함께 갔다. 회사에서 일찍 집에 들어와 차를 가지고 움직였다. 성북동의 단점은 교통이 조금 불편하다는 것. 지하철에서 내려 걷기엔 다소 멀다. 아내도 누브티스 이경순 대표님을 친언니처럼 따른다. 그만큼 자상하게 우리 부부를 보살핀다는 얘기. 아들 녀석도 이 대표님을 고모라고 부른다. 누브티스는 여느 식당과 달리 멋스러움이 있다. 큰 나무도 서너 그루 있다. 정원도 꽤 넓다.

　고급 별장에 온 기분이 든다. 삼청터널을 지나 집으로 돌아오는 길도 나름 운치가 있다. 예전의 한적한 삼청동 길이 아니다. 지금은 관광명소로 탈바꿈했다. 내·외국인이 즐겨 찾는 곳. 가게와 레스토랑도 많다. 아내에게 물었다. "오늘 재미있었어?" "네"라는 대답이 돌아온다. 그렇게 멋진 밤을 보냈다.

안산 。
현불사 。

　오늘 근무하면 내일과 모레는 쉰다. 그럼 일요일은 근무한다. 금요일도 격주로 근무하기 때문이다. 평일 하루 쉬면 대단히 유용하게 쓸 수 있다. 굳이 휴가를 내지 않아도 된다. 파이낸셜뉴스에 근무하면서 누리는 특전이랄까. 주 5일 근무를 철저히 시행하고 있다. 보통 신문사는 토요일 하루만 쉰다. 그러니까 하루를 덤으로 얻는 셈이다.

　내일은 장모님을 모시고 아내와 함께 안산 현불사에 간다. 시간 날 때마다 종종 들르는 절이다. 절에 가면 장모님이 특히 좋아하신다. 현장 주지스님과도 친하다. 크지 않은 절이라 신도도 그리 많진 않다. 나 역시 절에 가면 편안함을 느낀다. 그렇다고 불교 신자는 아니다. 장마라고 하는데 남쪽만 비가 오고 북상하지 않는 것 같다. 어제도 하루 종일 비를 기다렸지만 오지 않았다.

　중부지방은 너무 가물었다. 소나기라도 왔으면 좋겠다. 지금 하늘을 보니 찌푸렸고, 바람도 좀 분다. 비가 올 것 같기도 하다. 새벽 운동을 못 나가도 좋으니 비를 기대한다. 좋은 하루 계획하시라.

낮에 。
여유작작한 까닭 。

초저녁에 자고 조금 전 일어났다. 오늘 같은 날은 하루가 정말 길다. 새벽 1시도 전에 하루를 시작하기 때문이다. 그러나 지루하진 않다. 오히려 하루를 길게 쓸 수 있음에 감사한다. 어제 점심 고등학교 동기들과의 모임에서도 내 취침시간이 화제가 됐다. 그렇게 일찍 일어나면 낮에 졸리지 않느냐고 묻는다. 낮에 졸리면 눈을 잠깐 붙이면 된다. 하지만 졸리지 않다. 졸리다면 일찍 일어날 이유가 없다.

또 다시 새벽 예찬론을 늘어놓았다. 무엇보다 건강에 좋다. 정신이 맑으니 생각도 밝아진다. 건강의 비결이 아닐까 생각한다. 누구의 방해를 받지 않고 자기만의 일을 할 수 있다. 글을 쓰든, 책을 읽든, 인터넷을 하든 혼자다. 능률이 오름은 물론이다. 내가 여유 있는 이유이기도 하다. 새벽에 그날 할 일을 대충 챙긴다.

뉴스 검색이 첫 번째다. 정치, 사회뿐만 아니라 모든 분야를 들여다본다. 대신 낮에는 넉넉하게 보낸다. 주로 점심은 지인들을 만나 해결한다. 오늘은 근무하는 금요일. 내일과 모레는 쉰다. 오늘도 최선을 다하련다.

세금。
폭탄。

또 다시 세금폭탄을 맞았다. 두 군데서 급여를 받다 보니 종합소득세 대상이다. 집 근처 영등포세무서에 가 자진신고를 했다. 종합소득세 2,690,730원에다 지방소득세 269,070원이다. 3백만 원이 조금 못 된다. 3년째 이 같은 목돈을 내왔다. 그렇다고 월급이 많은 것도 아니다. 정확한 과세근거를 모르겠다. 내라고 하니까 낸다.

자진신고를 하지 않으면 가산세까지 내야 한다. 사회 지도층도 더러 신고를 하지 않아 창피 당하는 것을 봤다. 몰라서 그럴 수도 있다. 나도 당연히 환급받을 줄 알고 갔다가 이런 사실을 알게 된 경우다. 세법이 거짓말을 할 리는 없다. 모든 국민은 납세의 의무가 있다. 그러나 월급쟁이에게 수백만 원은 결코 적은 돈이 아니다.

세금을 내기 위해 매달 몇 십만 원씩 적금이라도 부어야 할 처지다. 납부기한은 이달 말이다. 어찌하겠는가, 내야지. 미리 준비해 놓지 않는 내가 잘못인지도 모른다. 돈만큼 치사한 것도 없다.

잠과。
불면증。

오늘은 늦잠을 잤다. 12시 30분쯤 일어났다가 2시쯤 다시 잤는데 깨어보니 4시 30분. 평소엔 아무리 늦어도 3시면 일어난다. 두 시 기상에 맞춰 하루를 시작하다보니 스케줄이 헝클어졌다. 그래서 새벽 운동도 건너뛰었다. 새벽에 글이 올라오지 않아 의아해하는 페친들도 있었을 게다.

오늘 새벽엔 다시 자고 싶었다. 졸리면 자는 것이 내 스타일. 억지로 눈을 뜨고 있지는 않는다. 실제로 잠은 보약과 같다. 나는 적게 자는 대신 꿀잠을 잔다. 하루 네 시간이면 적게 자는 셈. 그래도 피곤하진 않다. 초저녁잠이 많은 게 흠이다. 요즘은 9시를 못 넘기니 말이다. 물론 저녁 약속이 있으면 조금 늦게 잔다. 그래도 습관 때문인지 두 시를 전후해 일어난다. 어쩌면 건강하다는 증거일지도 모른다.

불면증을 호소하는 사람들이 많다. 나 역시 그런 경험이 있었다. 약물치료로는 한계가 있다. 운동을 통해 치료하는 것이 가장 좋다. 저녁 걷기를 권장한다. 땀을 흘리고 샤워하면 잠도 잘 온다. 불면증이 있는 분들은 한번 시도해보라.

황당한。
일。

어젠 내 페이스북 계정이 해킹을 당해 큰 홍역을 치렀다. 정말로 순식간이었다. 한 페친으로부터 메시지가 와 무심결에 눌렀다가 당한 것. 의심 없이 확인하는 습관 때문이었다. 보기 민망할 정도로 외설스런 사진이 내 페북을 도배질했다. 지워지지도 않았다. 그 뒤 1분도 안 돼 페친들에게서 메시지가 쏟아졌다.

무슨 일 있느냐, 해킹을 당한 것 같다고 했다. 내가 미처 손을 쓸 수가 없다. 타임라인에 글을 올릴 줄만 알았지 나머지는 잘 모른다. 그러는 사이 40여 분이 흘렀다. 내 페친은 5,000명이 꽉 찬 상태. 그들에게 내 이름으로 된 스팸메시지가 보내진 것 같았다. 이를 받아본 페친들도 얼마나 황당했겠는가.

한 지인은 직접 연락도 왔다. "점잖은 국장님이 이런 것을 볼 리도 없고, 무슨 일 있습니까?" 해킹을 당한 것 같다고 얘기하니까 바로 수긍을 했다. 혼자 끙끙거리고 있는데 악성 코드를 삭제하라는 창이 떴다. 그것을 누르고 조금 지나니까 저절로 없어졌다. 그리고 페북도 정상적으로 복구됐다.

생전 처음 있는 일이었다. SNS가 장점만 있는 것이 아니다. 이처럼 사람을 놀라게 할 때도 있다. 그래도 페북은 나의 진정한 친구다. 지금도 친구와 놀고 있지 않은가.

성주산。
정상에 서다。

　어제 고향 성주산을 올라갔다 내려온 탓인지 푹 잤다. 시골 초등학교 친구 2명 등 셋이서 올라갔는데 하산할 때가 훨씬 힘들었다. 산행시간만 무려 6시간 20분. 셋 다 산을 잘 타는 편인데도 기진맥진 했다. 산봉우리를 올라갔다 내려오기를 반복했기 때문이다. 보통 내려올 때 시간이 덜 걸리는데 그렇지 않았다. 오히려 20분 정도 더 걸렸다.

　나는 하산 도중 오른쪽 허벅지에 쥐가 나 한참 주무르기도 했다. 이런 일은 처음이었다. 물 세 병, 사과 3개, 방울토마토, 초콜릿 3개를 준비했으나 올라가면서 모두 먹었다. 그런데 이것이 잘못이었다. 산을 내려올 때 목이 타도 물을 마실 수 없었다. 산을 좋아하는 친구가 한마디 했다. "다시는 정상까지 가지 말자. 내려올 때를 생각하고 올라가야 하는데" 나도 같은 생각이었다. 그만큼 고생했다는 얘기.

　성주산은 우리 고향 바로 뒷산이지만 정상은 처음 밟았다. 해발 677m라 그리 높은 산은 아니어도 경사가 무척 심하다. 만만히 보고 도전했다간 후회하기 십상이다. 산에서 내려와 사이다 한 캔, 콜라 한 캔을 거푸 마셨다. 그랬더니 갈증이 좀 가

셨다. 점심은 손두부와 감자해물전으로 대신했다. 꿀맛. 콘도
에 다시 들어가 씻고 서울에 올라오니 오후 4시 조금 넘었다.
1박 2일간의 고향 나들이. 내내 기분이 좋았다.

Chapter 2

오풍연의
'도전'

2015 상반기。
5대 뉴스。

올 상반기 나의 5대 뉴스를 정리해 본다. 1. 단주斷酒 2. KBS 아침마당 출연 3. 이즌잇 무료 인터넷 강의 '오풍연 기자/PD 스터디' 4. 5남매 부부동반 제주 여행 5. 서울신문 사장 재도전 실패. 앞의 넷은 좋은 소식이다. 가장 큰 뉴스는 내가 술을 완전히 끊은 것. 1975년 중학교를 졸업하고 나서부터 술을 마셨다. 그러니까 만 40년을 마셨다고 할 수 있다. 그것도 많이 먹었다. 그런 술을 단박에 끊었다.

지난 2월 통풍으로 입원했던 것이 계기가 됐다. 그동안 마신 술로도 충분하지 않을까 생각한다. 방송 출연과 인터넷 강의도 색다른 경험. 앞으로 방송 기회가 더 있을지도 모르겠다. 제주 여행 역시 멋진 추억이었다. 형제들끼리 우애도 더 돈독히 했다. 서울신문 CEO 도전은 3년 후를 내다보아야 할 것 같다. 3전 4기라고 할까. 그 도전은 여전히 진행형이다. 후반기는 어떤 일을 만들까.

또 다른。
도전。

페친과 함께하는 나는 외롭지 않다. 어제 서울신문 사장 도전 실패 소식을 알렸다. 많은 분들이 위로와 격려를 해주었다. 다시 한 번 감사드린다. 아쉬운 마음이야 없을 리 없다. 더 강한 의욕이 생기는 것도 사실이다. 또 다른 도전이 나를 기다리고 있기 때문이다. 나는 과거를 생각하지 않는다. 과거는 과거일 뿐이다.

오로지 현재만 있다. '오늘의 의미'를 중시하는 이유다. 오늘 최선을 다하면 내일이 있기에 그렇다. 하루하루 최선을 다하다 보면 결과 역시 배반하지 않는다. 기쁜 소식도 전해온다. 새빛 출판사 전익균 대표님이 8월 초쯤 9번째 에세이집을 내잔다. 그동안 출판 시기를 놓고 고민해 왔다.

내 책은 掌篇에세이. 짧은 글의 모음이다. 10권까지는 같은 틀을 유지할 계획이다. 글 하나에 원고지 3장 안팎의 분량이다. 그래서 손바닥 장, 책 편 자를 써서 장편에세이라고 한다. 첫 번째 도전은 책 출판이 되는 셈이다. 그동안 출판과정에서도 페친들의 도움이 컸다. 여러 가지 아이디어도 주시고, 손수 리뷰도 올려주셨다. 오늘 새벽도 다시 힘차게 출발한다.

나도。
베스트셀러 작가이고 싶다。

작가라면 누구든지 베스트셀러를 한 권쯤 내고 싶어 한다. 나도 마찬가지. 하지만 그 확률은 지극히 낮다. 몇 만 분의 1 정도로 보면 될 것 같다. 나는 전업작가가 아니다. 그럼에도 8 권의 에세이집을 냈다. 무엇보다 운이 좋았다고 할 수 있다. 첫 번째 에세이집인 『남자의 속마음』만 큰 출판사인 21세기북스에서 나왔다. 나머지 7권은 영세 출판사. 책을 낼 때마다 출판사 대표님께 덕담을 건넨다. "제 책이 효자노릇을 하면 좋겠습니다."

많이 팔려 출판사 측이 재미를 봤으면 하는 바람에서다. 그러나 그 같은 바람은 아직 이뤄지지 않았다. 출판사 측에 늘 미안한 마음을 갖고 있다. 9번째 에세이집도 조만간 나올 예정이다. 저간의 사정을 모를 리 없는 새빛출판사 전익균 대표님이 선뜻 내주시겠단다. 고맙기 짝이 없다. 이번 책 역시 掌篇에세이. 그날을 손꼽아 기다려본다.

기자/PD。
스터디。

오풍연 기자/PD 스터디 3기를 시작하는 날이다. 토·일요일 주말을 빼고 10일짜리 코스다. 하루 분량은 20분 내외. 이즌잇 측이 녹화한 동영상 강의를 보여준다. 인터넷 강의는 그 시간이 가장 효율적이란다. 지난 2월 1일 10일치 촬영을 마쳤다. 무슨 팁을 얻으려고 신청했다간 크게 실망할 것이다.

기자/PD 시험은 따로 팁이 없다고 해도 과언이 아니다. 합격 여부는 공부의 절대량에 비례하기 때문이다. 얄팍한 팁은 통할 리 없다. 그래서 자신감과 도전정신을 강조했다. 녹화를 하기 전에 이즌잇 측에도 똑같은 말을 했다. "젊은 대학생과 취업준비생에게 살아가는 얘기를 주로 하겠다." 다시 말해 인문학적 요소를 가미한 강의를 하겠다는 것. 철학 강의인 셈이다.

1·2기 수강생 중 내 강의를 듣고 자극을 많이 받았다는 친구들도 있다. 고마운 경우다. 3기 수강생은 모두 109명. 그런데 완강하는 수강생이 많지 않은 것도 사실이다. 무료강좌여서 더 그런지도 모른다. 신청만 해놓고 안 들어도 누가 뭐라고 할 사람은 없다. 내 강의를 직접 듣는 대경대 학생 일부도 이번에 수강 신청을 했다. 그들에게도 완강할 수 있는지 자신들을 테스트해 보라고 했다. 실천이 중요한 까닭이다. 3기 강의도 유종의 미를 거두고 싶다.

그들과의 。
만남 。

　내가 진행하고 있는 '기자/PD 스터디' 수강생 3명을 만나는 날이다. 이즌잇이 뽑은 우수 수강생들이다. 강의가 끝나고 나면 과제를 제출한 수강생 가운데 3~5명을 골라 포상을 한다. 거창할 것도 없다. 내 에세이집 『새벽을 여는 남자』에 사인을 해 보내주는 것. 이번에는 셋 다 여성이다. 미국 컬럼비아대 화학공학과 3학년 학생이 포함돼 있다. 그 학생이 방학을 맞아 한국에 들어왔다.

　그래서 내가 저녁 식사에 함께 초대한 것. 나머지 둘은 각각 한 차례씩 만났다. 한 명은 동시통역을 하는 학원 선생, 또 한 명은 공무원이다. 둘은 직장인인 셈이다. 굳이 내 강의를 들을 필요가 없는 분들이었다. 그럼에도 강의를 들었으니 고마울 따름이다. 지금까지 3기 수강생들 배출했다. 우수 수강생을 보면 학생보다 일반인이 더 많다. 직업도 다양하다. 공무원, 가정주부, 회사 대표 등. 기자/PD만을 위한 스터디라기보다 일반인 등 전체를 대상으로 했기 때문이다.

　강의의 키워드는 '자신감'과 '도전정신' 또 하나 들자면 실천이다. 어떤 강의든 내용이야 나쁠 리 없다. 문제는 실천이다. 이론을 행하는 것. 보람 있는 저녁이 될 것 같다.

오풍연처럼。

어제 9번째 에세이집의 초고를 소개드린 바 있다. 물론 아직 완성 전의 단계다. 내 이름 '오풍연'을 책 제목으로 썼다. 주제목은 '오풍연처럼' 건방지다고 질책하는 분들도 있을 게다. "제가 뭔데 이름을 제목으로 써" 나도 부끄럽기 짝이 없다. 출판사 대표님의 아이디어다. 내 일거수일투족을 거의 알고 계신 분이다. 나로선 고맙기도 하다. 사람 이름은 자서전을 낼 때 주로 쓴다. 이를테면 '김대중 평전' '추기경 김수환' 등이다.

내 책은 자서전이 아니라 순수 에세이집이다. 그런데 이름을 썼으니 난리(?)가 날 만하다. 이후의 평가는 독자들에게 달렸다. 이번 책에는 유명 기획자가 참여하고 있다. 때문인지 환골탈태한 느낌도 든다. 기획의 묘미랄까. 어쨌든 출판사 측에 감사드린다. 거기다가 IT도 접목시킨다. 우리나라 최초의 시도로 본다. 이 대목은 나와 출판사 대표님이 의기투합했다. 나에게 또 다른 도전인 셈이다. 페친들의 관심과 성원, 거듭 부탁드린다.

오풍연.
브랜드.

　오풍연 브랜드가 생길지도 모르겠다. 이미 9번째 에세이집의 제목은 『오풍연처럼』으로 정했다. 의아해하는 사람도 있을 터. 물론 내 아이디어는 아니다. 출판사 대표님의 제안을 내가 받아들였다. 그래도 조금은 쑥스럽다. 페이스북을 통해 내 일상을 다 알고 있는 데서 착안했다고 한다.

　보통 사람보다 몇 시간 일찍 일어나는 것은 맞다. 새벽 3시부터 1시간 30분 동안 운동하는 사람도 드물 것이다. 그리고 빨간 사과와 빨간 넥타이를 좋아하는 나. '오풍연 넥타이'는 이미 샘플 작업을 하고 있다. 이는 표지를 만들어준 누브티스 이경순 대표님의 아이디어. 책과 제품의 조합이라고 할 수 있다. 출판사에서 처음 시도하는 것.

　도전을 유난히 즐기는 나에게도 색다른 재미를 더해주고 있다. 어쩌면 내가 넥타이 모델로 나설 가능성도 있다. 나는 뭐든지 마다하지 않는다. 독자들이 예쁘게 봐주기만 바랄 뿐이다. 모든 것은 독자의 손에 달렸기 때문이다.

독자들의。
사랑을 받고 싶다。

　열흘 만에 출근한다. 휴가 기간 동안 신문은 보지 않았다. 뉴스를 멀리하기 위해 그랬다. 물론 TV뉴스까지 멀리한 것은 아니다. 오늘 회사에 나가 밀린 신문을 볼 생각이다. 크고 작은 일도 많았다. 가장 큰 뉴스는 북한의 포탄 도발. 그리고 남북 최고위급 회담. 어제 결혼식에 가서도 시시각각 뉴스를 체크하지 않을 수 없었다.

　직업을 속일 수 없는 모양이다. 오늘 역시 4시간 자고 새벽 1시 15분 기상. 하루를 일찍 시작하는 셈이다. 9번째 에세이집 『오풍연처럼』이 나온 이유이기도 하다. 남들보다 몇 시간 일찍 일어나 하루를 시작하는 습관. 나의 트레이드마크라고 할 수 있다. 오풍연 하면 생각나는 첫 번째가 새벽이다. 예식장에서 만난 친구들도 내 근황을 대부분 알고 있다. 책 출간 소식을 먼저 물어본다. 9월 5일 출간 예정이다.

　지금까지 나온 책 중 가장 공을 많이 들였다. 책 표지도 유명 디자이너인 누브티스 이경순 대표님이 만들어 주셨다. 가히 파격적이라 할 만하다. 독자들의 반응이 궁금하다. 사랑을 받을 수 있을까. 작가에게 영원한 숙제다.

드디어 。
완성 。

아무래도 책 얘기를 많이 하는 것 같다. 책의 출간이 가까워 왔다는 얘기다. 매번 심정은 비슷하다. 시집가는 처녀의 마음으로 새 책을 기다린다. 무엇보다 독자들의 반응이 제일 궁금하다. 아무리 좋은 책인들 독자들이 외면하면 책으로서 가치를 잃는다. 내가 책을 읽어주는 분들께 고마워하는 이유이기도 하다.

이번 9번째 에세이집은 어느 때보다 공을 많이 들였다. 먼저 책 표지 디자인을 해준 누브티스 이경순 대표님과 새빛출판사 전익균 대표님께 감사를 드린다. 두 분이 아니었더라면 책이 나오지 못했을 것이다. 책 표지는 정말 중요하다. 독자들의 관심을 가장 먼저 끌기 때문이다. 나는 정말 행복한 사람이다. 일을 할 때마다 주변의 도움을 많이 받는다.

9번째 책이 이렇게 빨리 나오리라곤 생각도 못했다. 당초엔 내년 초쯤 생각했었다. 물론 원고는 미리 정리했었다. 원고를 완성했다고 바로 책이 나오는 것도 더더욱 아니다. 출판사 측이 원고를 '오케이' 해야 비로소 가능하다. 그런 점에서 전 대표님께 다시 한 번 고마움을 전한다. 이제 독자들의 손에 넘어간다. 책의 수명이 길고 짧음은 독자의 손에 달렸다. 거듭 관심과 성원 부탁드린다.

오풍연。
넥타이。

하루 먼저 하루를 시작한다. 저녁 8시도 못 돼 잤더니 11시 20분쯤 일어났다. 그럼 어떠랴. 졸리면 자기 때문에 취침 시간도 일정하지 않다. 보통 네 시간 자는데 조금 덜 잤을 뿐이다. 하루를 더 길게 쓰면 된다. 사실 이런 날은 거의 없다. 18분 뒤면 8월 마지막 날. 유난히 더운 한 해였다.

나에겐 잊지 못할 한 달로 기록될 것 같다. 9번째 에세이집을 마무리했다. 누브티스 이경순 대표님, 새빛출판사 전익균 대표님과 공동 작업을 했다. 한마디로 스릴이 있고, 재미있었다. 표지가 워낙 파격적이어서 독자들의 반응이 어떨지 궁금하다. 그런데 은근히 중독성도 있는 것 같다. 보면 볼수록 매력에 빠져든다. 나만 그런 것이 아니다. 표지를 본 사람들의 공통된 의견이다.

책 출간과 함께 '오풍연 넥타이'도 동시에 출시된다. 내가 즐겨 매는 빨간색 넥타이다. 나는 빨간색 넥타이를 매면 기분이 좋아진다. 그래서 주중 네 번은 빨간 넥타이를 매는 편이다. 빨간 넥타이도 10개가량 된다. 번갈아 맨다. 올 가을을 빨강색으로 물들이고 싶다.

야,.
신난다.

어제 하루는 어떻게 보냈는지 모르겠다. 여러 가지 일이 있었다. 초등학교 친구가 여의도로 와서 점심을 함께했다. 그때 전화벨이 울렸다. 이경순 누브티스 대표님이 넥타이를 보낸다는 것이었다. 30분쯤 지나 택배기사로부터 전화가 왔다. 여의도에 왔다고 했다. 그런데 우리 회사 건물을 잘 찾지 못했다. 상세히 알려주니까 5분 내로 찾아왔다.

이 대표님이 '오풍연 넥타이' 두 개를 보내셨다. 샘플로 나온 빨간 넥타이였다. 아주 예뻤다. 누구나 매고 싶은 마음이 들 정도로. 특히 나는 빨강색을 좋아한다. 포인트는 빨간 사과. 일반 사람들은 왜 빨간 사과가 들어갔는지 잘 모를 터. 나는 눈을 뜨자마자 사과부터 1개 먹는다. 나와는 떼려야 뗄 수 없는 과일이다. 이 대표님이 거기서 힌트를 얻어 만들었다고 한다.

'오풍연 칼럼'도 쓰는 날. 박근혜 대통령의 지지율 변화를 썼다. 내가 바쁘다고 회사 일을 소홀히 할 수는 없다. 그럴수록 더 열심히 해야 한다. 오후 4시 30분쯤 기다리던 책도 도착했다. 새빛출판사 전익균 대표님보다 내가 더 먼저 보았다. 파주 공장에서 나한테 바로 왔기 때문이다. 책을 보자마자 가슴이

뛰었다. 마치 초등학생이 소풍가는 기분이랄까. 내 책이어서
그런지 나는 예뻤다. 마음에 쏙 들었다. 문제는 독자들. 그들의
마음에 들어야 한다. 오늘부터 독자들의 냉정한 평가가 있을
것이다. 어떤 평가든 달게 받겠다. 최선을 다한 만큼 후회는 하
지 않을 생각이다. 오늘 역시 대구에 강의하러 내려간다. 발걸
음이 가벼울 듯싶다.

9월 9일。
9번째 책。

설렘과 함께 9월 9일 하루를 시작한다. 9번째 에세이집 『오 풍연처럼』이 인쇄돼 나오기 때문이다. 솔직히 떨린다. 어떻게 나올까. 예쁜 모습으로 나올 것 같다. 이번 책 표지는 파격 그 자체다. 일찍이 누구도 이런 표지를 만들어본 적이 없다. 우리 가 처음 시도한 셈이다. 이경순 누브티스 대표님과 새빛출판사 전익균 대표님이 고맙다. 나는 그들에게 조언만 했을 뿐이다.

저녁때쯤 나에게 배달될 모양이다. 누가 가장 좋아할까. 아 마도 고향 땅에 누워계신 부모님이 아닐까 싶다. 두 분 중 한 분이라도 살아계시면 지금 얼마나 좋아하실까. 12일(토) 벌초를 한다. 그때 책을 가지고 내려가 두 분께 인사를 올리려고 한다. 9집은 정말 공을 많이 들였다. 나와 이경순 대표님, 전익균 대 표님 등 셋의 호흡이 척척 맞았다. 일도 일사천리로 진행됐다. 다 만들고 나니까 콜라보레이션이다.

이제는 독자들의 사랑을 듬뿍 받고 싶다. 이 대표님과 전 대 표님께도 말했다. 진인사대천명하자고.

『오풍연처럼』。
보도자료。

이 시대 사람들에게 친구처럼 다가와 힘을 주는 책. 오풍연의 생각을 따라가다 보면 어느덧 당당한 삶의 자세를 갖게 된다. 페이스북으로 소통하며 잔잔한 일상 속에 눈치 보지 않고 사는 삶의 철학을 담다!

짧은 글이라도 매일같이 쓰는 사람이 작가가 된다. 일상 속에 번뜩이는 생각들이 달아나지 않도록 매일매일 페이스북에 글을 올리는 사람이 있다. 그의 글은 잔잔하면서 울림이 있다. 그래서 자꾸만 읽게 되고, 여러 사람과 공유하게 된다. 그런 글을 모아 책으로 냈고, 벌써 아홉 번째 책을 낸다. 그가 바로 오풍연이다.

오풍연 하면 떠오르는 키워드는 페북, 새벽, 가족, 강의, 성실, 도전 등등이 있다. 이 키워드 속에 자신만의 삶의 철학을 담아 담담하게 글을 써간다. 언론인 출신이라 그런지 글맛은 참 좋다. 자극적이지는 않지만 몸에 좋은 글들이다. 비유하자면 MSG를 첨가하지 않은 유기농 글이라 할 수 있다.

청춘들이 많이 힘들어하는 시대에 오풍연은 누구 눈치 보지 않고 당당하게 살아가는 형님과 친구 같은 조언을 한다. 강요하지 않는 글들이라 귀에 솔깃하고 마음이 끌린다. 50대 중반 언론인의 식지 않는 삶의 열정을 보면 자극을 받기도 한다.

매일 새벽, 괴테처럼 산책하는 그에게는 '오풍연 의자'라는 그만의 상품이 있다. 정확히 말하면 상품이 아니라 상품이 될 가능성 있는 오풍연만의 캐릭터다. 아는 사람은 다 아는 그 캐릭터가 그만의 성실함이 덧붙어 상품으로도 뻗어가려고 한다.

나의.
10대 뉴스는?.

올해도 40일 남았다. 상반기에 나의 5대 뉴스를 선정한 바 있다.

1. 단주(2월)
2. KBS 아침마당 출연(5월 22일)
3. 이즌잇 사이트 무료 인터넷 강의 '오풍연 기자/PD 스터디' (2월부터)
4. 5남매 부부동반 제주 여행(5월)
5. 서울신문 사장 재도전 실패(6월)

이상 5가지를 꼽았었다.

하반기에는 무엇이 있을까. 상반기처럼 굵직한 일은 없었다. 그래도 나름 재미있게 보냈다.

먼저 세 가지가 떠오른다. 9번째 에세이집 『오풍연처럼』 출간이다. 9월 9일 9번째 책이 나왔다. 내 이름을 걸고 에세이집을 낸 것. 누구도 이런 시도는 하지 않았을 터. 나에겐 족쇄이기도 하다. 하지만 그에 걸맞은 책임을 질 생각이다. 아울러

'오풍연 넥타이'도 나왔다. 책과 타이의 콜라보레이션.

두 번째는 아들(인재)과 1박 2일 남도여행. 광주, 담양, 여수, 순천을 돌아봤다. 단둘의 여행은 처음. 정말 유익한 시간이었다. 세 번째는 우리 5남매의 부부동반 서울 모임. 내가 초청하는 형식으로 서울에 올라와 하루를 멋지게 보냈다. 올 들어서만 세 번 전체 형제 만남을 가졌다. 따라서 올 8대 뉴스는 선정된 셈이다.

남은 기간 동안 2대 뉴스가 만들어질까. 12월에 크고 작은 행사가 많다. 1~2개는 생길 것도 같다. 이처럼 한 해를 돌아보는 것도 의미 있을 듯싶다.

도전하는。
삶。

10년 후의 나는 무엇을 하고 있을까. 새해 들면 57세, 그러니까 67세 때의 일. 그 같은 상상을 하면 신난다. 다시 말해 그 때까지 살아있다는 얘기. 지금 하고 있는 일을 계속하고 싶지만 여건이 허락할지는 모르겠다. 먼저 논설위원. 정규직이 아니라서 정년은 없다. 마음 같아선 70까지도 사설과 칼럼을 쓰고 싶다. 그러나 그것은 내 생각. 신문사에서 기회를 줘야 가능한 일이다.

대학 강의도 마찬가지. 초빙교수 역시 정년은 없다. 70까진 강단에 설 각오다. 그 다음 작가. 죽을 때까지 펜을 놓지 않고 글을 쓸 요량이다. 앞으로 책을 몇 권 더 낼지는 나도 모른다. 외부 칼럼도 여건이 된다면 계속 쓰려고 한다. 물론 내가 쓰고 싶다고 쓸 수 있는 것은 아니다.

인터넷 강의도 못 할 것은 없을 것 같다. 지금 대학생 위주로 강의를 하고 있지만 타깃을 바꾸면 된다. 10년 후도 도전의 끈을 놓지 않을 것이다. 지금보다 더 바빠질는지 알 수 없다. 도전하는 삶, 내가 추구하는 바다.

안양대 。
특강 。

오풍연 작가님 오늘 강의 잘 들었습니다~~ 작가님처럼은 아니더라도 아침 일찍 일어나는 습관을 길러야겠어요.(A학생)

강의 잘 들었습니다. 새벽에 일어나 열심히 사는 삶 정말 인상 깊었습니다. 실천하는 것도 배우도록 하겠습니다.(B학생)

안녕하세요!! 도시정보공학과 이영현이라고 합니다. 오늘 강연 정말 인상 깊게 들었습니다^^ 짧은 시간이었지만 교수님 말씀 통해 느끼고 배운 점이 많았습니다!! 오늘 멋진 강연 감사합니다!!!!(C학생)

교수님 안녕하세요! 오늘 교수님 강연을 들은 안양대 도시정보공학과 김하빈입니다~ 오늘 강연 너무너무 잘 들었고 할 수 있다는 자신감을 가지라고 말씀하신 게 가슴에 와 닿았습니다. 저희 학교에 방문해주셔서 정말 감사드립니다.(D학생)

작가님!! 안양대학교 도시정보공학과에 재학 중인 김효정이라고 합니다. 우선 오늘 강의 정말 잘 들었습니다. 사실 오늘 강의가 있는지 잘 모르고 뒤에 시상식에 참여하려고 간 것이라 미리 강의에 대해서, 작가님에 대해서 알아보지 않고 간 것이 너무너무 안타깝네요ㅠㅠ 그렇지만 이번 강의를 통해 많은 것들을 깨달을 수 있었어요!! 정말 감사드리고 오늘 하루도 잘 마무리하시길 바라겠습니다~^^(E학생)

오풍연 교수님~! 안녕하세요^^ 오늘 교수님의 주옥같은 강의를 들은
안양대생입니다….^^ 도전, 실천, 겸손, 부지런!! 꼭 기억하고 행동으로
보여드리겠습니다!! 특히 전 자신감이 부족했는데….!! "나도 할 수 있다
는 자신감"을 갖게 되었어요….!!^^ 너무 감사드립니다^^(F학생)

안녕하세요. 안양대학교 경영학과 오재호라고 합니다. 오늘 강의 정말
잘 들었습니다. 궁금한 사항 있으면 다음에 또 연락드릴게요. 조심히
들어가세요.(G학생)

작가님 오늘 안양대학교에서 특강들은 학생입니다! 아마도 지금쯤 주무
시고 계실 것 같아요 ㅎㅎ. 좋은 말씀 많이 듣고 저도 이번을 계기로 제
가 목표하는 꿈을 향해서 열심히 공부하겠습니다! 감사합니다.(H학생)

안양대에서 강의를 마치고 올라오는데 학생들이 이 같은 메시
지를 보내왔다. 다른 학생도 비슷한 메시지를 띄웠다. 이런 때
작은 보람을 느낀다. 소강당 200석을 거의 꽉 메웠다. 오후 5시
부터라 다소 늦은 시간인데 다들 열심히 들었다. 조는 학생도 없
었다. 강의 도중 박수도 몇 차례 받았다. 지루하진 않았다는 얘
기. 그래서 약속을 하나 했다. 다시 불러주면 언제라도 오겠다
고. 80분 정도 강의했는데 시간이 부족했다. 안양대 파이팅!

또.
도전 속으로.

언론사 가운데 KBS, MBC, 서울신문, 연합뉴스는 정부, 즉 청와대가 사장 후보를 최종 낙점한다고 해도 과언이 아니다. 다시 말해 한 사람을 위해 나머지는 들러리를 서는 것이다. 나도 두 번의 경험을 했다. 2012년, 2015년 잇따라 서울신문 사장에 도전했으나 고배를 마셨다. 안 될 것을 알고도 지원했다.

왜 바보 같은 짓을 했느냐고 할 수도 있다. 이른바 '카르텔'을 깨고 싶은 마음이 컸다. 이들 언론사는 사전에 유력 후보 낙점설이 흘러나온다. 그 결과는 똑같다. 낙점설이 흘러나온 사람이 된다. 노조에서 아무리 반대해도 아랑곳하지 않는다. 해볼 테면 해보라는 식이다.

그럼에도 나의 CEO 도전은 계속될 터. 다음 번 서울신문 사장에 또다시 도전할 계획이다. 인선 방식이 바뀔 리 없다. 그럼 또 고배를 마실 것이다. 그때까지 더 열심히 살려고 한다. 그러다 보면 진심이 통할지도 모른다. 그런 역사를 쓰고 싶다.

찾아가는。
교육。

"오 국장님, 저희 학교 학생들도 지도 좀 해주세요." 아세아 항공직업전문학교 전영숙 이사장님이 전화를 주셨다. 2학기부터 학생들을 대상으로 인성교육을 해달라는 얘기다. 아세아항공학교 강의가 처음은 아니다. 지난해 가을과 올 봄 두 번에 걸쳐 특강을 한 적이 있다. 이사장님의 전화 후 바로 교무처장님의 연락을 받았다.

매주 강의는 할 수 없다. 격주로 쉬는 금요일을 이용하기로 했다. 오전 두 시간, 오후 두 시간씩 네 시간 강의를 할 예정이다. 특강 형식이 아니라 내가 직접 교실을 찾아가 강의하는 형식이다. 말하자면 찾아가는 강의랄까. 아세아는 노동부 인가 정규 직업 전문학교다. 2학년 과정. 철저히 실습 위주로 교육을 한다. 학생들의 만족도도 높다. 특강을 하면서 느낀 바다.

무엇보다 전 이사장님이 세심한 배려를 한다. 학교 곳곳에 이사장님의 손길이 닿아 있다. 마치 엄마처럼 학생들을 보살핀다. 원어민 영어 무료 강좌도 인기 있다. 사실 영어는 늘 부담스럽다. 그런데 희망자는 누구나 강의를 들을 수 있도록 했다. 4년제 정규대학이나 2~3년제 대학에서도 볼 수 없다. 나도 학생들을 위해 최선을 다할 생각이다. 그들에게 자신감과 도전정신을 심어줄 계획이다. 아세아강의는 나에게도 일종의 도전이다. 기대된다.

자신감과。
도전정신。

8월 마지막 주다. 올해는 유난히 더웠다. 열대야도 여러 날 있었다. 아직도 한낮에는 뙤약볕이 뜨겁다. 그나마 아침, 저녁으론 선선해 잠을 잘 만하다. 여름휴가도 대부분 갔다 왔을 것이다. 나 역시 지난 주 토요일까지 9일간이나 쉬었다. 직장생활 하면서 이처럼 긴 여름휴가는 없었다. 지루하지 않더냐고 묻는 사람도 있었다. 그럴 리 없었다.

노는데 답답할 리 있겠는가. 대신 푹 쉬었으니 더 열심히 일해야 한다. 사설 칼럼도 공을 들일 생각이다. 매일 쓰는 글이지만 여전히 쉽지 않은 게 글쓰기다. 다음 주부터 강의를 한다. 이번 학기 강의 제목은 '자신감과 도전정신'으로 정했다. 학생들에게 성취감을 주기 위해서다. 대학을 졸업해도 직장을 얻기 어려운 게 작금의 현실이다. 때문에 학생들도 점점 자신감을 잃어가고 있다. 하지만 아무리 어렵더라도 길은 있는 법이다.

무엇보다 "나는 할 수 있다"는 자신감이 필요하다. 그것을 몸에 배도록 하려고 한다. 그래서 나부터 솔선수범하고 있다. 나도 어떤 일이든 마다하지 않고 도전한다. 뛰어들지 않고선 기회조차 잡을 수 없다. 기회도 도전하는 사람에게 온다. 아주 간단한 진리다. 젊은이여, 꿈을 잃지 말라.

대경대와 。
아세아 。

　이번 학기는 두 군데 학교서 강의를 한다. 대구 대경대는 매주 목요일, 서울 아세아항공직업전문학교는 격주 금요일. 둘 다 직업 전문학교이다. 대경대는 정규 전문대학, 아세아는 노동부 인가 직업전문학교. 두 곳 모두 높은 취업률을 자랑한다. 교육 또한 실습 위주로 한다. 그래서 졸업과 동시에 바로 현장 투입이 가능하다.

　학생들의 표정도 밝다. 자신들이 원하는 학과에 들어와 공부를 하기 때문이다. 특히 대경대는 전국 유일의 학과도 여럿 있다. 요즘 한창 뜨고 있는 드론학과가 대표적이다. 아세아는 말 그대로 항공전문. 그래서 여학생보다 남학생이 훨씬 많다. 배우려는 열의는 일반 대학 이상이다. 출석률도 매우 높다. 두 학교에서 내가 강의하는 과목은 인문학. 대경대는 2학점짜리 정규 교양과목 강의를 한다. 제목은 '자신감과 도전정신'

　반면 아세아는 특강 형식으로 진행한다. 내가 각 과를 찾아가 강의하는 형식이다. 학생들도 순수하다. 일과 학업을 병행하는 학생들도 많다. 그런 학생들에게 내 강의가 조금이라도 도움을 주면 좋겠다. "나는 할 수 있다"는 자신감을 심어준다. 말하자면 도전정신으로 무장하라는 것. 진취적인 학생이 많을수록 희망적이다.

자동차。
딜러。

　내가 초빙교수로 있는 대구 대경대는 특이하다. 이색학과도 많다. 그중 자동차딜러과는 전국에서 유일하다. 무엇보다 높은 취업률을 자랑한다. 졸업생 100% 취업. 2년제 과정인데 2학년 1학기, 즉 3학기 때 모두 취업이 된다고 했다. 벤츠, BMW, 아우디 등 수입자동차 회사에 대부분 들어간다.

　이들이 받는 연봉도 상상을 초월한다. 5억짜리도 있단다. 취직 후 1년 안에 연봉 1억을 상회한다니 놀라울 따름이다. 그 같은 경쟁력은 어디에서 나올까. 자동차 판매왕 등 전국 최고의 교수진이 학생들을 지도한다. 철저히 실습 위주. 정원은 40명. 이 가운데 30%는 4년제 대학출신이다. 한양대, 숙명여대, 경북대, 부산대 등 출신도 다양하다.

　그런 만큼 입학 경쟁률도 높다. 고액 연봉을 받을 수 있어 그럴 게다. 재학생들은 모두 정장차림으로 다닌다. 처음부터 대고객 서비스를 강화하기 위한 차원. 지금까지 5회 졸업생을 배출했다. 이 대학 설립자인 유진선 박사의 안목이 돋보이는 대목이다. 자동차 판매왕이 꿈이라면 지금이라도 대경대 문을 두드려라.

내.
강의 방식.

  내 강의 방식이 조금은 독특하다. 우선 교재가 따로 없고, PPT 자료도 없다. 성의 없이 보일 수도 있을 터. 그리고 모든 것은 학생 자율에 맡긴다. 출석 등 간섭을 최소화한다는 얘기다. 그러나 최선을 다해 강의를 한다. 주제도 다양하다. 그때그때 이슈를 포함, 살아가는 얘기를 한다. 또 하나 특징이 있다면 매일 새벽 학생들에게 글을 띄워주는 것.

  비록 1~2주에 한 번씩 강의를 들어가지만 날마다 강의를 하고 있는 셈이다. 맨 먼저 강의를 들어가면 과대표 학생을 불러내 명함을 준다. 그 학생들과 카톡방을 만들기 위해서다. 내가 학과 단체카톡방에 직접 들어가면 학생들이 불편해할 수 있다. 그래서 과대표를 경유해 글을 띄워준다. 한 학기 글을 모으면 노트 한 권 분량이 될 것이다. 글의 내용에 대해 학생들이 공감하는지는 알 수 없다. 하지만 약간의 도움이 되리라고 생각한다.

  2~3분이면 읽을 수 있는 분량이지만 아예 무시하는 학생도 있을지 모른다. 한 명의 학생이라도 글을 읽는다면 계속 보내줄 생각이다. 이른바 '오풍연 방식'이다. 한 사람의 학생을 앉혀놓고 하는 강의. 그들이 나의 진정성을 이해할까.

2학기。
첫 강의。

2학기 개강 첫날이다. 오늘부터 매주 목요일 15주 동안 대구에 갔다 올라와야 한다. 물론 공휴일이 겹치면 안 내려간다. 12월 초순 종강을 한다. 한 학기도 생각보다 빨리 간다. 2012년 9월부터 강의를 했는데 벌써 7학기째다. 만 3년 이상 한 셈이다. 이번 학기 강의 제목은 '자신감과 도전정신' 내가 가장 즐기는 단어이기도 하다. 나뿐만 아니라 학생들에게 꼭 필요한 말.

수강생이 몇 명이나 될지 모르겠다. 다음 주 수강신청 정정 기간을 거쳐 최종 확정된다. 지난 학기는 모두 176명이 내 강의를 들었었다. 서울역에서 새벽 5시 45분 KTX로 내려간다. 이 열차는 경산역에도 선다. 그래서 동대구역에서 환승하지 않아도 된다. 일찍 일어나니까 문제되진 않는다. 오늘도 1시 30분 기상. 딱 네 시간 잤다.

대구에서 강의를 마치고 올라오다 대전에 내려 페친을 만나기로 했다. 나와 띠동갑인 박원천 사장. 나보다 12살 아래. 사업을 아주 열심히 하는 친구다. 나의 새 책이 나오는 것을 가장 기뻐했다. 새벽 기도도 빠지지 않는 독실한 크리스천. 이 친구와는 두 번째 만남. 여름 방학 전에 한 번 만났었다. 나의 하루 동선이다. 멋진 날 되시라.

나는.
행복한 사람.

어제 대경대 첫 강의를 했다. 1교시 9시부터, 4교시 오후 1시까지 내리 네 시간이다. 물론 첫날이라 조금 일찍 끝냈다. 1·2교시는 세계호텔제과제빵과와 언어재활과 학생 91명이 대상. 3·4교시는 경찰행정과 63명. 다음 주 수강신청 정정을 하면 학생이 조금 더 늘어날 듯하다. 제빵과 학생들은 1학기 때도 내 강의를 들었었다.

이번 학기 과목명은 '자신감과 도전정신' 학생들에게 "할 수 있다"는 자신감을 심어주기 위해서다. 요즘 취업이 정말 어렵다. 대학생들이 졸업을 해도 갈 곳이 없어 방황한다. 지방대이기에 더 어려운 것도 사실이다. 그래도 대경대는 나은 편. 직업전문대학이라 취업률은 상대적으로 높다. 학생 충원율도 100% 이상.

특히 경찰행정학과 학생들의 수강 태도가 좋았다. 뭔가 배우려는 자세를 읽을 수 있었다. 그럼 된다. 강의를 끝낸 뒤 과대표, 과부대표 학생들과 음료수를 나눠 마셨다. 이들의 목표는 경찰관이 되는 것. 이른바 '경찰고시'를 통과해야 한다. 여학생도 스무 명가량 됐다. 내 강의가 보탬이 되었으면 한다.

오늘은 아세아항공직업전문학교에서 강의를 한다. 격주 금요일 학생들을 찾아간다. 아세아항공학교 역시 명문. 노동부인가 학교인데 취업이 잘된다. 이들에게도 같은 내용을 강의할 계획이다. 이번 학기는 두 대학의 젊은이들과 함께할 수 있어 좋다. 나는 행복한 사람.

어떤 。
질문이든지 하세요 。

"이번 목요일(29일) 수업은 질문을 받는 것으로 하겠습니다. 매일 새벽 제가 띄워주는 글을 보았을 겁니다. 뭔가 느낌이 있어야 합니다. 궁금한 점도 많을 것으로 압니다. 어떤 질문이든지 좋으니까 한 사람당 한 개씩 질문한다는 자세로 등교하세요. 꼭 메모를 해 오세요. 『오풍연처럼』 책에서 질문을 해도 좋습니다. 목요일에 뵙겠습니다."

어제 대경대 학생들에게 띄운 메시지다. 한 학기에 한 번은 이처럼 질문만 받는 시간을 갖는다. 그러나 질문을 하는 학생들이 많지 않다. 어느 대학을 가든 공통된 현상이다. 궁금한 점이 없지 않을 터. 남을 의식하다 보니까 질문을 못 한다. "내가 이런 질문을 하면 남들이 웃지 않을까?" 하는 생각을 할지도 모른다. 질문에는 제한이 없는 법이다. 어떠한 질문이든지 좋다는 얘기다.

나는 맨 먼저 질문하는 습관이 있다. 자기 혼자 질문을 독차지하는 것도 좋은 습관이 아니다. 남들도 질문하도록 배려해야 한다. 그래야 다양한 얘기가 나올 수 있다. 이번 학기 강의를 시작한 이후 하루도 빠지지 않고 새벽에 글을 띄워 주었다. 이것조차 읽지 않은 학생들도 있을 것이다. 그것 또한 그들의 자유이기 때문이다.

첫날 학생들에게 이 같은 말을 했다. "제가 매일 새벽 보내주는 글을 모으면 노트 반 권 분량은 될 겁니다. 노트를 만들어 보십시오." 실제로 행동으로 옮긴 학생이 있을까. 정성이 있어야 가능한 일. 뭐든지 열심히 해야 하는데. 최선을 다하는 학생들을 보고 싶다.

시간을.
아껴 써야 할 이유.

　어제 강의에서는 시간의 중요성에 대해 강조를 했다. 시간이 무한정 있는 것으로 착각하는 사람들도 적지 않다. 그러나 시간은 유한하다. 따라서 잘 써야 한다. "가진 것이라고는 시간밖에 없다."라고 농담하는 이들도 있다. 반드시 고쳐야 할 말이다. "시간이 없다."라고 하는 말도 마찬가지다.

　하루 24시간이다. 더 있는 사람도 없고, 덜한 사람도 없다. 어떻게 쓰느냐가 중요하다. 나는 알차게 쓰는 편이다. 수면 시간은 하루 4시간. 몇 시에 자든 네 시간만 자면 저절로 눈이 떠진다. 오늘도 똑같다. 어제 고등학교 반창회에 갔다가 늦게 들어와 11시 조금 넘어 잤다. 일어난 시간은 새벽 3시 15분. 나머지 20시간은 내가 마음껏 쓸 수 있는 시간이다. 이 중 새벽 2시간은 운동에 할애한다.

　건너뛰는 날은 거의 없다. 더러 새벽운동을 거를 때도 있다. 그런 날은 자투리 시간을 이용해 걷는다. 어제도 새벽운동을 못했다. 경산 대경대에 도착하니까 오전 8시 20분이었다. 1교시 수업시간까지 40분이 남아 35분을 걷는 데 투자했다. 시간이 없다는 것은 핑계다. 이런 시간을 활용하면 되는 것이다.

오늘도 좀 바쁘다. 아세아항공직업전문학교에서 3시간 강의를 한다. 그리고 저녁에는 나눔모임에 참석한다. 할 일이 있고, 만날 사람이 있으면 최고. 인생을 즐기자.

나의 글쓰기는。
진행형 。

　9월도 이틀 남았다. 올해도 4분의 3이나 지났다. 10월 4일이면 파이낸셜뉴스에 들어온 지 만 3년이 된다. 이곳에서 언론인생 2막을 시작했다고 할까. 무엇보다 나를 받아준 신문사 측이 고맙다. 2012년 2월 서울신문 사장에 도전하기 위해 사표를 내고 8개월 동안 백수생활을 하다가 들어왔다. 잘 아는 후배가 다리를 놓아 주었다. 그 친구 역시 나의 은인이라고 할 수 있다.

　신문사 측으로부터 혜택을 받고 있다. 2012년 9월부터 시작한 대경대 초빙교수를 지금껏 하고 있기 때문이다. 요즘은 매주 목요일 대구에 강의하러 내려간다. 벌써 7학기째다. 그때부터 기자와 교수라는 투잡을 하고 있다. 파이낸셜뉴스로 옮긴 뒤 에세이집도 4권 더 냈다. 『천천히 걷는 자의 행복』, 『그곳에는 조금 다르게 행복한 사람들이 있다』, 『새벽을 여는 남자』, 『오풍연처럼』 등이다.

1년에 1권 이상 쓴 셈이다. 10번째 에세이집은 언제 내느냐고 묻는 분들도 있다. 글은 계속 쓰고 있으니까 언제든지 낼 수 있다. 그러나 10권은 또 다른 의미가 있다. 신중할 수밖에 없다는 이유다. 이번에 낸 9번째 에세이집『오풍연처럼』의 반응을 봐가며 생각하려 한다. 물론 10권까지는 장편掌篇에세이 형식을 버릴 계획이 없다. 짧은 글은 나의 분신과 마찬가지다. 이름 하여 '오풍연 문학' 언젠가는 자리 잡을 지도 모른다. 그날을 위해 오늘 새벽도 자판을 두드린다.

학생은 。
학생답게 。

또 대구에 강의하러 내려가는 날이다. 이번 학기 네 번째 강의. 소풍가는 기분으로 내려간다. 이러기를 벌써 7학기째다. 만 3년이 지났다. KTX 요금도 만만치 않다. 1년에 대략 300만 원 안팎. 우수 고객인 셈이다. 세상이 얼마나 좋아졌는지 모른다. 서울에서 경북 경산까지 내려가 1교시 첫 수업을 할 수 있다.

서울역에서 5시 45분에 출발해 경산역에 7시 52분에 내린다. 마침 경산역에 KTX가 선다. 하루에 딱 두 번 서는 열차다. 경산시 자인면에 있는 학교엔 8시 20분쯤 도착한다. 9시 수업까지 40분가량 여유가 있다. 총장실에 들러 차 한 잔 얻어 마신다. 내리 4시간 수업을 한다. 그런데 실망스런 학생들도 있다. 수업 시간에 딴짓하는 학생들. 다 큰 성인인데 나무랄 수도 없다.

어른은 스스로 알아서 해야 한다. 학생들이 강의에 집중하면 나도 덩달아 신이 난다. 예정 시간을 넘기기도 한다. 1~2교시, 3~4교시 분위기가 사뭇 다르다. 수업에 집중하는 학생들의 모습을 보고 싶다. 그들이 더 잘 알 터다.

오늘。

내가 가장 좋아하는 오늘이다. 오늘이 없으면 내일도 없을 터. 그래서 오늘을 더 값지게 생각한다. 어젠 대전에서 올라와 초저녁에 자고 잠시 깬 뒤 다시 잤다. 그리고 새벽 1시 15분에 일어났다. 쉬는 금요일이라 회사엔 가지 않는다. 대신 아세아 항공직업전문학교에서 강의를 한다. 이번 학기 두 번째다. 격주 금요일마다 이 학교를 찾아간다. 이 학교에서도 '자신감과 도전정신'을 얘기한다.

젊은이들에게 꼭 필요한 대목이라고 생각해서다. 도전을 생활화하라고 주문한다. 그러기 위해선 자신감이 필요하다. 학생들에게 모범을 보이기 위해 나부터 실천하려고 노력한다. 행동이 따르지 않는 강의는 생명이 짧다. 이론을 접목한다고 할까.

나는 나름 강의 원칙이 있다. 내가 보고, 듣고, 느낀 것 위주로 강의를 한다. 30년째 기자생활을 한만큼 소재의 고갈은 느끼지 않는다. 학생들이 얼마나 공감하는지는 알 수 없다. 다만 나에게 배울 점이 하나라도 있었으면 하는 바람이다. 오늘은 3시간 강의. 오전 1시간, 오후 2시간이다. 젊은이들과 함께할 수 있어 좋다. 모두 멋진 하루를 만들자.

치열하게。
살자。

대구에 내려가 이번 학기 두 번째 강의를 하고 올라왔다. 매번 강의 때마다 똑같은 얘기를 한다. "치열하게 살자" 열심히 살아야 된다는 얘기다. 그런데 학생들에게서 치열함을 느낄 수 없다. 비단 대경대 학생들뿐이겠는가. 요즘 젊은이들의 일반적인 경향인 것 같다. 쉽게, 대충 살려고 하는 것. 안타까운 마음도 든다.

쉰여섯 살인 나보다 더 치열하게 살아야 한다고 얘기한다. 학생들은 무슨 뜻인지 잘 모를지도 모른다. 나도 젊었을 때는 그랬다. 쉰 무렵부터 정말 열심히 살았다. 그 결과는 여러 가지 일을 동시에 할 수 있었다. 지금 내가 하고 있는 일은 다섯 가지. 맨 먼저 본업인 기자를 얘기하지 않을 수 없다. 두 번째는 초빙교수. 두 군데 대학에 출강하고 있다. 세 번째는 고정 칼럼니스트. 현재 건강보험공단 블로그에 한 달 세 번 가량 글을 쓰고 있다. 네 번째는 외부 강의. 인터넷 강의 포함이다. 다섯 번째가 작가. 그러다 보니 바쁘게 산다. 그리고 일을 할 수 있어 즐겁다.

내가 열심히 살지 않았더라면 이 같은 기회는 오지 않았을 터. 하지만 여기에 만족하지 않는다. 또 다른 일을 하기 위해 오늘도 최선을 다하고 있다. 최선을 다하면 기회는 반드시 온다. 경험상 그렇다. 허투루 듣지 말라.

1인 5역.

가을은 남자의 계절이라고 한다. 나도 왠지 좋다. 모든 게 풍
성해서 그럴까. 아침저녁으로 선선하다. 일교차가 매우 크다.
한낮에는 여전히 뜨겁다. 과일과 곡식이 익기엔 더없이 좋을
듯하다. 2012년 2월 서울신문을 그만둔 뒤 네 번째 가을. 강산
이 네 번이나 바뀌었다. 나에게도 적지 않은 변화가 있었다.

신문기자라는 본업은 계속 이어가고 있다. 학생들을 가르치
는 교수가 부업이 됐다. 7학기째 강의를 하고 있으니 준베테랑
에 가깝다고 할까. 이번 학기엔 두 곳에서 강의를 한다. 책도 4
권이나 더 냈다. 게으름을 피우지 않았다는 얘기. 1년에 1권
이상 썼다고 할 수 있다. 전업작가도 쉽지 않을 터. 나에게 글
쓰기는 일종의 도전이다. 도전을 즐기는 나로선 더할 나위 없
이 좋다.

칼럼니스트로도 본격 데뷔했다. 국민건강보험공단이 운영하
는 블로그 '건강천사'에 고정칼럼을 쓰고 있다. 한 달에 세 번가
량 쓴다. 벌써 2년째. 주제는 자유. 나는 주로 사람 사는 얘기
를 쓴다. 짬짬이 외부강의도 한다. 1인 5역을 하고 있는 셈이
다. 따라서 쉴 틈은 거의 없었다. 그래도 즐겁다. 무엇보다 할
수 있는 일이 있다는 게 행복하다. 일을, 일터를 사랑하자.

대경대 。
파이팅! 。

　내가 초빙교수로 있는 대경대는 재미있는 학교다. 재주꾼들이 참 많다. 이름이 알려진 교수들도 자랑거리. 이 대학 출신 스타들도 학교를 더욱 빛낸다. 절대 고음 소찬휘 씨는 실용음악과 교수로 있다. 최근 학생들과 '록 버전 교가 뮤직비디오'를 만들어 관심을 모은다. 모든 것을 자체 제작했다는 데 의미가 있다.

　연기가 뛰어난 탤런트 유동근 씨도 학생들을 지도한다. 한 달에 한 번 이상 특강을 한다. 정신과 의사 이시형 박사도 어제 내려와 특강을 했다. 인기 절정의 김우빈은 모델과 출신. 기럭지가 보통 사람보다 긴 친구들은 모델과 학생들이다. 미스코리아도 많이 배출한다. 아이돌 그룹 인피니트도 이 대학을 나왔다. 대경대엔 없는 것이 거의 없을 정도다. 학교 안에서 모든 것을 해결할 수 있다.

　레스토랑 42번가도 유명하다. 일류 호텔 셰프 출신 교수들이 멋진 음식을 선보인다. 가격도 저렴하다. 데일리 메뉴는 5,000원. 매주 목요일마다 내 입맛을 사로잡는다. 나도 혼신의 힘을 다해 학생들을 가르친다. 나에게 강의를 할 수 있도록 기회를 제공해준 대학이다. 벌써 만 3년 됐다. 그래서 교수라는 말도 듣는다. 고맙지 않을 수 없다. 대경대를 꼭 기억해 달라.

아세아항공전문학교
파이팅!

    나에게 또 다른 직함이 있다. 아세아항공직업전문학교 인문학 초빙교수. 인문학을 접하기 어려운 이 학교 학생들에게 철학을 강의한다. 고정 수업은 아니다. 내가 각 학과를 돌아다니며 강의하는 방식이다. 격주 금요일만 강의가 가능하기 때문이다. 어제 첫 강의를 했다. 수강 대상은 면허과 학생들. 비행기 기체 면허다. 이 학교는 철저히 실습 위주로 수업을 한다. 항공 관련 기술을 배우는 것이다.

    과 단위 수업에 들어가니까 학생들은 많지 않다. 한 반에 30~40명 규모. 이처럼 소규모 강의는 처음 해 보았다. 대경대에선 대강당, 중강당에서 강의를 한다. 아세아 학생들은 다양하게 취업을 한단다. 대한항공, 아시아나 등 대형 항공사는 물론 관련 기업에 들어간다. 군 부사관으로도 많이 입대한다고 했다. 이 가운데는 직업군인도 선택할 터.

    학생들의 수업태도가 좋았다. 무언가 배우려는 태도를 읽을 수 있었다. 그럼 성공할 수 있다. 그들과 단체 카톡방도 개설했다. 그들도 자신감과 도전정신을 키울 수 있도록 힘을 보태줄 생각이다. 아세아, 파이팅!

Chapter 3

오풍연의
사랑하는
'사람들'

결혼.
28주년.

28년 전 오늘 결혼했다. 1986년 12월 16일 입사한 뒤 만 11개월 만에 결혼했던 것. 수습기자 딱지를 떼고 막 검찰에 출입할 때였다. 예식장은 서울 잠원동에 있는 한신코아. 당시 내 수중에 있던 돈은 100만 원도 못 됐다. 그래서 아내에게 변변한 결혼반지 하나 선물하지 못했다. 나중에 좋은 것을 사준다고 했지만 지금껏 그 약속을 지키지 못하고 있다. 불평을 하지 않는 아내가 고맙다.

서울신문 입사 동기 가운데 두 명만 남아 있다. 나머지는 미리 회사를 떠났거나, 정년퇴직을 했기 때문이다. 나도 계속 있었더라면 지난 5월 말 정년퇴직을 했을 터. 서울신문은 만 55세 정년이다. 지금은 파이낸셜뉴스로 옮겨 언론인으로서 인생 2막을 이어가고 있다. 대우가 썩 좋은 편은 아니지만 그래도 만족한다. 일터가 있다는 그 자체가 행복하다. 더 바란다면 과욕이다.

오늘 하루 휴가를 냈다. 가족과 함께 보내기 위해서다. 가족이라야 전부 네 식구. 장모님, 아내, 아들. 딱 하나 희망이 있다면 모두의 건강. 오래 행복하고 싶다.

우리。
지금처럼 삽시다。

어제 많은 분들로부터 결혼 28주년 축하를 받았다. 먼저 진심으로 감사드린다. 페이스북을 가까이한 결과라고 생각한다. 조촐하게 식구끼리 점심을 했다. 바쁜 시간을 피해 오후 1시 예약을 했다. 을지로 입구에 있는 라칸티나. 50년 가까이 된 이태리 식당이다. 1967년 오픈했으니 만 48살. 내가 8살 때다. 그런 만큼 독특한 분위기와 맛을 자랑한다. 우리나라에서 최고라고 할 만하다. 나는 1986년 입사했을 때부터 이용해 왔다. 그러니까 30년 단골.

선대 사장님은 몇 해 전 돌아가셨다. 지금은 둘째 아들이 맡아 운영하고 있다. 선대 사장님은 물론 지금 사장님과도 아주 친하게 지내고 있다. 가족처럼 지낸다고 할까. 아들 녀석(인재)은 지금 사장님을 삼촌이라고 부른다. 사장님도 인재를 친조카처럼 대해준다. 18년 전 장모님 환갑도 라칸티나에서 했다. 그때 식당 측이 장모님께 장미꽃 60송이와 케이크를 선물해준 기억이 생생하다. 내년 8순도 라칸티나에서 할 계획이다.

모두 맛있게 먹었다. 이태리 식당답게 스파게티가 맛있다. 나와 장모님은 링기니, 아내는 크림스파게티, 인재는 토마토스파게티. 특히 시저스 샐러드는 일품. 홍합요리인 꼬제도 독특하다. 집에 돌아오면서 아내에게 얘기했다. "우리 지금처럼 살자." 행복은 늘 가까이 있기 때문이다.

무능력한。
남편。

  거실에서 또 다시 하루를 연다. 내가 혼자 쓰는 방이 따로 없
어 거실을 내 방처럼 삼고 지낸다. 가족들과 취침시간 및 기상
시간이 다르기 때문이다. 내가 일어나면 아내는 그때 자러 들
어간다. 우리 집은 방 3개짜리 아파트. 하나는 장모님, 또 하나
는 아들 녀석이 쓴다. 1993년 2월부터 이 집에 살고 있다. 그
러니까 만 23년째 살고 있는 셈이다.

  서울에서 한 아파트에 20년 이상 살고 있는 사람은 드물 터.
우린 원주민이나 다름없다. 다시 말하면 무능력한 세대주. 월급
쟁이는 아파트 평수를 늘려가면서 재산을 증식한다. 그런 점에
서 볼 때 나는 빵점. 당분간 이사 갈 생각이 없다. 평생 지금처
럼 살 수밖에 없다. 내가 선택한 길이어서 후회는 하지 않는다.
나의 주택관은 이렇다. 비바람만 피할 수 있으면 된다는 생각이
다. 풍찬노숙을 생각하면 이마저도 호강. 크기는 상관없다.

지금 아파트는 34평형. 옛날에 지은 아파트라 좁아 보인다. 오히려 아들이 장가가면 집도 더 줄일 생각이다. 방 두 개면 족하다고 생각한다. 아내의 생각도 나와 일치한다. 부창부수라고 할까. 때론 그런 아내가 고맙기도 하다. 물론 미안한 마음은 늘 갖고 있다.

깜짝.
이벤트.

어제도 나에겐 역사적인 날이다. 올 들어 처음으로 자정을 넘긴 하루였다. 매일 9시 전후로 자는 나에게 자정은 넘어서기 어려운 벽. 경기도 안성에서 형제들과 노느라 밤늦게 올라왔다. 11시에 안성을 출발해 서울 집에 12시 30분쯤 도착했다. 씻고 나니 새벽 1시가 됐다. 평소 같으면 일어날 시간이다. 정말 재미있게 놀았다. 점심은 동네 막국수 집에서 간단히 해결했다. 클라이맥스는 저녁을 먹고 가진 3차 행사. 집 안에 있는 노래방에서 이벤트를 했다.

누나의 환갑과 아내의 52번째 생일을 기념하는 자리이기도 했다. 조카가 모두를 깜짝 놀라게 했다. 엄마와 외숙모 생일케이크 두 개를 준비해 왔다. 61세, 52세 나이와 얼굴을 형상화한 모형이 들어있는 케이크였다. 누나와 아내를 쏙 빼닮았다. 얼굴은 물론 입고 있는 옷까지 똑같았다.

누나 덕에 오늘의 우리 형제가 있기도 했다. 누나가 맨 먼저 보령에서 대전으로 유학을 떠났다. 이어 형, 나, 남동생, 여동생 순으로 누나를 따라와 고등학교를 각각 졸업했다. 나와 여동생은 서울로 올라와 누나 집에서 대학을 다니기도 했다. 은인이라고 할 수 있다. 모두 한 곡 이상 노래를 불렀다.

오씨 집안은 음치 수준. 매제와 조카들은 잘 불렀다. 나는 애창곡 '편지'를 겨우 노래했다. 형제들은 자주 만나야 한다. 그래야 더 가까워진다. 형제도 보지 않으면 남만 못하다. 오늘은 근무. 즐거운 마음으로 출근할 수 있을 것 같다.

아내의。
52번째 생일。

아내의 52번째 생일이다. 나를 처음 만난 것은 1985년 가을. 아내가 대학교 3학년 때다. 나는 카투사를 제대하고 4학년 계절학기 복학을 했다. 아내는 문과대 시계탑 밑에서 처음 만났다. 벤치에 앉아 있다가 지나가던 아내를 봤던 것. 결국 운명적인 만남이 됐다. 결혼까지 하게 됐으니 말이다.

아내가 아니었다면 오늘의 나는 생각하기 어렵다. 공부와는 담을 쌓고 술만 마시던 나였다. 그런 내가 아내를 만나 달라지기 시작했다. 한 번도 찾지 않았던 도서관도 이용했다. 언론사는 이듬해 봄부터 준비했다. 아내가 일찍 나와 도서관 자리를 잡아 주었다. 물론 도시락도 싸와 같이 먹었다. 정말 열심히 공부했던 기억이 난다. 그렇게 집중적으로 공부해 본 적이 없었다.

결과는 언론사 시험 합격으로 이어졌다. 당시 인문계 학생은 거의 다 언론사 준비를 했다고 해도 과언이 아니다. 그런 만큼 경쟁률도 수백 대 1. 1986년 서울신문에는 기자로, KBS에는 PD로 각각 합격을 했다. 우리 대학에서도 두 시험 동시 합격은 내가 유일했다. 운이 좋았기 때문이다.

PD는 아깝지만 포기하고, 기자의 길을 걸었다. 아내를 경제적으론 만족시켜주지 못했다. 월급쟁이는 뻔한 까닭이다. 올해로 기자생활 30년째. 이 역시 아내의 내조가 컸다. 아내를 다시금 생각하게 하는 새벽이다. 행복하게 살련다.

아내를.
사랑하고 있는 걸까.

　나는 정말 아내를 사랑하고 있는 걸까. 대다수의 남편들이 말로는 "그렇다"고 할 게다. 나도 예외는 아니다. 그러나 대답은 아내로부터 들어야 한다. 아내가 "그렇다"고 하면 맞다. 자기 남편에 대해 100% 만족하는 아내는 없을 터. 아무리 잘한다 한들 2%는 부족하지 않겠는가. 그럼 나는 몇 점짜리 남편일까. 2% 부족하면 98점짜리 남편.

　내 스스로 점수를 매겨 본다. 80점 이상은 되지 않을까 생각한다. 솔직히 현장을 뛸 때는 아내를 잘 챙겨주지 못했다. 내 마음대로 거의 하다시피 했다. 아내와 비교적 시간을 많이 가진 것도 채 4년이 못 된다. 2012년 2월 서울신문을 떠나고부터 가정에 조금 더 신경 쓰는 남편이 된 것 같다.

　사실 아내와 함께하는 시간이 가장 편하다. 평생 반려자여서 그럴까. 누구도 아내의 자리를 채워줄 수는 없다. 아내에게 특별히 잘해야 하는 이유다. 누구든지 같이 있을 때는 모른다. 요즘은 아내의 의견에 토 달지 않고 따르는 편이다. 때론 잔소리처럼 들리기도 하지만 모두 남편을 위함이다. 남편들이여, 아내를 사랑합시다.

애경사。
챙기기。

　직장 생활하면서 경조사는 항상 고민거리다. 마음은 다 챙기고 싶지만, 형편은 그렇지 못하다. 때문에 선별할 수밖에 없다. 결과적으로 섭섭해 하는 사람들도 있을 게다. 특히 고등학교 친구들의 애경사를 일일이 챙기지 못해 늘 미안한 마음을 갖고 있다. 우리 나이로 쉰여섯~쉰일곱 살이 대부분이다. 자식들을 여의기 시작했고, 부모님 상도 가장 많을 때다. 일주일에 평균 1번 이상 소식을 접한다.

　나는 문과 출신. 우리 대전고 전체 졸업생은 12반 720명가량 된다. 문과 5반, 이과 7반이다. 2학년 때 문·이과가 갈렸으니 아무래도 문과 출신을 조금 더 신경 쓴다. 3학년 때 한 반이었던 8반 출신의 경조사는 최대한 챙긴다. 직접 참석을 원칙으로 하되, 못 갈 경우 성의 표시는 하는 편이다. 물론 같은 8반인데도 졸업 후 한 번도 얼굴을 보지 못한 친구가 있긴 하다. 애경사는 품앗이 성격이 강하다. 내가 한 만큼 돌아온다는 얘기다.

따라서 사람이 적게 온다고 서운해 할 필요도 없다. 먼저 나는 사람 도리를 다 했는가 되돌아봐야 한다. 그럼 답이 나온다. 이번 주 토요일 고등학교 친구가 딸을 여읜다. 지난해 12월 내 출판기념회 때도 왔던 친구다. 당연히 참석한다. 두 달 전쯤 소식을 듣고 스케줄을 비워 놓았다. 마침 휴가 마지막 날이다. 오늘은 휴가 엿새째. 아들도 비번이어서 가족 나들이를 할까 한다. 역시 가족과 함께하는 시간이 제일 좋다.

가족。

　가족은 정말 중요하다. 가정의 구성원이다. 더 소중한 게 없다고 해도 과언이 아니다. 누구보다도 아끼고 사랑해야 함은 물론이다. 그런데 가족 돌봄을 소홀히 하는 사람들이 적지 않다. 매일 봐서 그럴지도 모른다. 매우 잘못된 생각이다. 가족을 최우선해야 한다. 가족을 챙긴다고 팔불출로 여기지 않는다.

　나도 처음부터 가족의 중요성을 느낀 것은 아니다. 젊었을 땐 일에 치여 미처 생각하지 못했다고 할까. 그러나 나이 들면서 그것을 깨우치게 됐다. 몇 년 전부터 골프 나가는 것도 확 줄였다. 주말을 가족과 함께 보내기 위해서다. 가족과 시간을 보내는 것이 훨씬 의미 있었다. 물론 골프는 재미있는 운동이다. 그럼에도 가족과 골프 중 택일하라면 가족을 택하겠다.

우리 가족은 모두 네 명. 장모님, 우리 부부, 아들이 전부다. 요즘은 장모님이 외출을 못 하신다. 지팡이 두 개에 의존해 겨우 걸을 정도다. 그 전에는 항상 넷이 같이 움직였다. 다리가 불편한 것 말고는 특별히 아픈 데가 없는 것이 다행이다. 아들도 할머니, 엄마 아빠를 잘 챙긴다. 아주 자상한 녀석이다. 딸을 뺨칠 정도. 아내도 마찬가지. 넉넉하진 못해도 집안에서 웃음이 떠나지 않는다. 그런 가족들이 고맙다.

5남매。
여행。

　역시 가족은 단단했다. 우리 5남매가 각자 결혼 이후 처음으로 부부 동반해 제주엘 왔다. 10명이 가족여행을 온 셈이다. 지금까지 건강하게 살아온 것만으로도 감사하고, 고마운 일이다. 그리고 우리를 낳아주신 부모님께 감사드린다. 두 분은 모두 돌아가셨다. 고향에 나란히 누워계신 부모님도 흐뭇해하실 것이다. 형제간에 첫 번째는 우애다. 서로 안 보고 지내는 형제들도 더러 본다. 정말 기막힌 일이다.

　그런데 우리 다섯 남매는 내세울 건 없어도 서로를 아낀다. 주변에서 부러워하는 이유이기도 하다. 어제 첫날은 두 곳을 둘러봤다. 세종시에 살고 있는 형님이 가이드 역할을 했다. 먼저 간 곳은 한경면 저지오름. 이름이 많이 알려진 관광지와 달리 사람이 적어 좋았다. 아직 외지 사람들에겐 덜 알려진 듯했다. 그러나 둘레길로 안성맞춤이었다. 흙길이 매우 보드라웠다. 10명이 줄지어 가니 그것 또한 장관이었다.

그 다음은 화순 곶자왈. 제주에 이런 곳이 있나 싶었다. 원시림을 그대로 유지하고 있었다. 나무, 돌, 꽃, 거기다 맑은 공기까지, 어디서도 맛볼 수 없는 정취에 모두 빠졌다. 5남매가 따로따로 기념사진도 찍었다. 제주로 돌아와 저녁을 먹고 숙소인 대명콘도에서 여장을 풀었다. 콘도는 두 개를 빌려 넉넉했다.

　형제들과 얘길 하느라 자정쯤 잤다. 평소보다 세 시간가량 늦게 잠자리에 든 것. 그래서 새벽 3시 20분쯤 일어났다. 여기서도 새벽 운동을 나갈 참이다. 그런 다음 사우나. 더 이상 무엇을 바라랴. 행복을 가까이서 찾자.

맛집。
기행。

어젠 동네 허름한 식당에서 네 식구가 포식을 했다. 도토리버섯 매운 칼국수. 아내가 맛집이라고 소개했다. 주말이라 손님이 적었다. 버섯칼국수는 1인분에 6,000원. 3인분에다 7,000원짜리 도토리 버섯전을 시켰다. 전이 먼저 나왔다. 고소하고 맛이 있었다. 칼국수는 메뉴 그대로 매웠다.

나는 땀을 뻘뻘 흘리고 먹었다. 국물이 아주 시원했다. 이열치열이라던가. 다 먹고 나니 죽까지 끓여준다. 2만 5,000원의 행복이었다. 괜찮은 식당의 1인분 음식 값도 안 된다. 외식도 마찬가지다. 꼭 비싼 음식을 먹을 필요도 없다. 온 식구가 맛있게 먹으면 그만이다. 예전엔 외식을 위해 차를 타고 나갔다. 그러나 적은 돈으로 해결할 방법이 있는 것이다. 집에 와서 아이스크림을 하나 먹으니 금상첨화. 오늘도 쉰다. 또 다른 맛집을 찾아볼까.

혈육의 。
정 。

　다시 일상으로 돌아왔다. 네 시간 수면과 기상, 그리고 새벽
운동. 이처럼 하루를 조금 일찍 시작한다. 아들과 남도 여행은
정말 재미있었다. 다시 한번 혈육의 정을 느꼈다고 할까. 그 누
구도 피붙이를 대신할 순 없다. 무엇보다 아들 녀석이 좋아했
다. 말하자면 힐링이 된다고 했다.

　1박 2일을 아주 짜임새 있게 썼다. 그냥 허비한 시간이 없었
다. 여러 곳을 구경하고, 맛있는 것도 먹었다. 여행의 묘미다.
순천과 여수는 나도 처음 가본 곳. 두 곳 모두 인상적이었다.
여수도 아주 예뻤다. 부산 못지않았다. 부산이 동적이라면, 여
수는 정적이었다. 고요함 속에 낭만이 있었다. 시간이 없어 이
곳저곳을 둘러보지 못한 게 못내 아쉬웠다. 여수 엑스포공원까
지 KTX가 닿았다. 나중에 날을 잡아 본격적으로 구경하고 싶
은 생각이 들었다. 그래서 다음을 기약했다.

순천 또한 자연미를 간직하고 있었다. 순천만 생태공원과 국가 공원. 연휴 때문인지 발 디딜 틈도 없을 정도로 사람이 많았다. 자연을 즐기러 이곳을 방문한 것. 옥의 티라면 교통 정체 현상. 하마터면 렌터카 반납시간을 못 댈 뻔했다. 예전엔 광주까지 2시간 40분가량 걸렸다. 그러나 지금은 1시간 가까이 당겨졌다. KTX 호남선이 개통된 덕이다. 광주도 반나절 생활권이 된 것. 서울에 올라오면서 아들이 내 손을 꼭 잡는다. "아빠 즐거웠어요." 둘만의 여행은 행복, 그 자체였다.

서울。
나들이。

아주 의미 있는 하루였다. 우리 5남매가 부부동반으로 서울에서 모임을 가진 것. 생전 처음이다. 나의 9번째 에세이집 『오풍연처럼』 출간 기념도 겸한 자리였다. 세종에서 형님, 대전에서 남동생이 올라왔다. 나와 누나, 여동생은 서울, 부천에 각각 산다. 진작 이 같은 모임을 가지지 않았던 게 조금 후회스러웠다. 형제들이 그렇게 좋아했다.

나와 누나, 여동생이 대전에 제사 지내러 종종 내려갔지만 대전 형제들의 서울나들이는 처음이기 때문이다. 특히 형수님과 제수씨가 즐거워했다. 12시 정각 성북동 누브티스에 모두 모였다. 승용차는 나와 여동생만 가지고 갔다. 차량 두 대로 하루 종일 같이 움직였다. 이경순 누브티스 대표님이 멋진 점심을 내놓으셨다. 풍'스 패밀리 메뉴까지 개발했던 것. 모두 맛있게 먹었다.

점심식사 후 바로 이웃에 있는 길상사에 들렀다. 서울에서 기를 받을 수 있는 3대 명당 중 한 곳이란다. 이어 교보문고로 가서 누브티스의 '오풍연 쇼 케이스'도 구경했다. 그리고 아내와 형수님, 제수씨가 차를 마시는 동안 우리 5남매만 경복궁에 들렀다. 나도 20여 년 만에 다시 가봤던 것. 사람이 정말 많았다. 경회루와 근정전 앞에서 사진도 찍었다.

저녁은 여의도 산삼골. 오리훈제와 전골을 정말 맛있게 한다. 사장님이 안 계셨지만 직원들을 시켜 복분자 술도 내왔다. 형님과 남동생은 거나하게 마시고 내려갔다. 음력 11월 17일 어머니 제사 때 대전에서 다시 모인다. 어제도 어머니 얘기를 많이 했다. 집에 돌아오는 나 역시 뿌듯했다. 피는 물보다 진하다.

아들,
땡큐!

아들 녀석에게서 옷 선물을 받았다. 녀석이 준 상품권으로 티셔츠를 사 입은 것. 어제 아내와 둘이 백화점에 들러 옷을 샀다. 사실 옷은 안 사도 된다. 지금 있는 옷도 많기 때문이다. 그러나 이번 옷은 나름 의미가 있다. 결혼 28주년 기념 선물로 받은 것. 무엇보다 마음씨가 기특하다.

생일은 몰라도 결혼기념일까지 챙겨주는 녀석. 나 하나, 아내 하나씩 골랐다. 마냥 어린애 같은 녀석이 커서 부모님을 기쁘게 한다고 할까. 우리에겐 딸이 없다. 녀석이 딸 노릇도 톡톡히 한다. 엄마의 친구가 되어주고 있는 것. 백화점도, 미장원도 같이 간다. 그런 녀석이 예쁘고, 고맙다. 모레가 결혼기념일. 나는 하루 휴가를 냈고, 녀석은 쉬는 날이라 점심을 함께하기로 했다.

시내 이태리 식당인 라칸티나를 예약했다. 나의 30년째 단골이다. 장모님도 함께 모시고 갈 참. 말하자면 네 식구 전체 회식을 하는 셈. 거창하지 않아도 된다. 식구와 함께라면 무엇을 먹어도 좋다. 아들, 땡큐!

아들, 。
사랑해 。

아들의 28번째 생일날이다. 아내는 식탁 위 미니보드에 '아들 생일 축하해'라는 글을 남겼다. 녀석도 어제 근무한 뒤 오늘 새벽에 들어왔다. 커피점에서 근무하기 때문이다. 아들이 들어오는 것을 보지 못했다. 오늘은 웬일인지 늦게까지 잠을 잤다. 새벽 1시를 전후해 일어나는데 3시간이나 더 잤다.

녀석이 태어난 지 엊그제 같은데 만 27년이 흘렀다. 태어나던 날도 아내와 함께 있지 못했다. 예비군 훈련을 마치고 오니 태어나 있었다. 아들은 참 바르고, 정직한 놈이다. 공부는 뛰어나지 못했던 게 사실이다. 그러나 인성만큼은 누구 못지않게 착하다. 내가 바라던 바다. '착하게 살자'는 나의 인생 모토이기도 하다. 학생들에게 늘 강조하는 대목이다.

지금 근무하고 있는 커피숍은 2교대 매장. 이전 24시간 매장보다는 근무조건이 낫다. 그래도 쉬는 날이 일정하지 않기는 마찬가지다. 열악한 환경 속에서 근무함에도 꿋꿋하다. 녀석의 꿈이 있는 까닭이다. 커피로 반드시 성공하겠다는 야무진 꿈을 갖고 있다. 나와 아내도 아들의 후견인 노릇을 할 작정이다.

3~4년 내 독립이 목표다. 직접 차리든, 가맹점을 내든 할 터. 지금처럼만 열심히 산다면 반드시 꿈을 이룰 것으로 본다. 나도 같은 말로 녀석의 생일을 축하한다. "사랑한다, 아들아!"

아들과。
둘이서。

오늘부터 사흘 연휴다. 나는 오늘 원래 근무인데 다른 논설위원과 근무를 바꿔 쉰다. 대신 일요일에 근무한다. 아들 녀석과 둘이 광주에 갈 예정이다. 녀석이 광주는 한 번도 가보지 않았다고 가보잔다. 미리 계획했던 것은 아니다. 나도 광주를 오랜만에 간다. KTX 호남선이 개통된 이후 처음. 이번에 아내는 동행하지 않는다. 항상 셋이 함께 움직이는데 남자끼리 둘만의 시간을 갖는 것.

녀석도 이제 28살. '커피왕'이 되겠다며 커피숍에서 일하는데 근무가 일정하지 않다. 모처럼 사흘 쉬게 돼 함께 여행을 떠난다. 광주에 도착하면 어디를 갈지도 정하지 않았다. 발길 닿는 대로 움직일 참이다. 아들의 의견을 따르려고 한다. 녀석은 밤늦게까지 일하고 오늘 새벽 들어왔다. 숙소도 안 정했다.

예전 청와대 출입할 때 광주 출장 갔다가 하루 묵었던 신양파크호텔이 생각난다. 그곳을 이용할까 한다. 녀석이 일어나면 상의를 해보아야 하겠다. 어쨌든 여행은 가기 전부터 즐겁다. 모두 즐거운 연휴 되시라.

남도。
여행 。

　광주에 놀러 와서도 기상시간은 똑같다. 정확히 네 시간 자고 일어났다. 지금 시간 새벽 1시 20분. 사방이 고요하다. 숙소는 신양파크호텔 대신 시내 상무지구 비즈니스호텔을 잡았다. 새로 지은 호텔이라 아주 깨끗하다. 편의 시설도 굿. 이 역시 아들의 선택. 녀석은 옆에서 곤히 자고 있다. 서울에선 1~2시쯤 자는데 일찍 잠자리에 든 듯하다.

　오늘은 아침을 먹고 많이 움직일 참이다. 순천을 거쳐 여수까지 둘러볼 계획. 저녁 7시 26분 KTX를 끊어놔 시간은 충분할 것 같다. 선암사든 송광사든 한 곳을 들르려고 한다. 아들이 특히 절을 좋아한다. 두 사찰 모두 이름 있는 곳. 나도 여태껏 못 가봤다. 순천만 정원과 여수 엑스포공원도 행선지. 물론 처음 가본다. 본격적으로 남도여행을 하는 것.

　매번 느끼는 바지만 우리나라가 참 좋다. 볼수록 아름답다. 지역마다 특색이 있다. 굳이 해외로 나갈 필요가 있겠는가. 전국 방방곡곡을 다 돌아보고 싶다. 아들 녀석 왈. 다음엔 대구에 가잔다. 내가 강의하러 매주 내려가는 곳. 제대로 구경한 적은 없다. 대구든, 경주든, 포항이든 가볼 생각이다.

공개。
구혼。

아들 녀석이 장가는 가겠다고 한다. 만약 가지 않겠다고 하면 그것도 걱정일 터. 따라서 며느리도 보고, 사돈도 생길 것 같다. 아들(인재)은 올해 28살. 언제 갈지는 모르겠다. 3~4년 안에 가지 않을까 생각한다. 며느리는 눈에 넣어도 아프지 않을 듯하다. 우리에게 딸이 없기 때문이다. 아들만 하나다. 녀석에게 한 살 위가 가장 좋다고 한다. 말하자면 연상녀.

그래서 29살 먹은 아가씨를 보면 더 유심히 본다. 며느리를 삼고 싶은 마음에서다. 사돈 될 분들도 궁금하다. 정말 잘 지낼 수 있을 것 같다. 나 말고도 형제가 넷이나 있지만 사돈과도 형제처럼 지내려고 한다. 그게 가능할까. 많은 사람들이 사돈은 어렵다고 얘기한다. 나는 그렇지 않을 자신이 있다. 아내도 나와 마찬가지.

둘 다 사람을 특히 좋아한다. 남도 아닌데, 사돈이면 얼마나 각별하겠는가. 공개적으로 사돈을 모시고 싶다. 장가는 아들이 가는데.

아들의 。
꿈 。

　커피숍에서 일하는 아들을 보면 안쓰럽기도 하다. 서비스 업종이라 휴일도 없다. 물론 주 5일 근무를 하지만 쉬는 날은 뒤죽박죽이다. 일주일 내내 일할 때도 있다. 그래서 얼굴을 제대로 못 볼 때도 있다. 지금 일하는 곳은 24시간 영업을 하지 않아 밤샘근무는 하지 않는다. 주간근무와 밤 근무만 있다. 아침 7시부터 오후 4시까지, 오후 3시부터 자정까지 일한다. 주말에는 새벽1시까지 연장 근무. 오후 근무를 하고 집에 오면 새벽 1~2시쯤 된다. 내가 일어나는 시간에 퇴근하는 셈이다.

　제가 좋아서 하는 일이라 다행이다. 그렇지 않으면 배겨나지 못할 것이다. 녀석의 대학 전공은 컴퓨터공학. 그런데 '커피왕'이 되겠다며 진로를 바꿨다. 지금 28살. 앞으로 3~4년 뒤 자기 사업을 하겠단다. 나도 적극적으로 밀어줄 참이다. 나는 가맹점 대신 직접 차리라고 얘기한다. 그래야 승부를 볼 수 있기 때문이다.

　놈은 반드시 해내리라 믿는다. 새벽 1시 30분인데 아직도 퇴근 전이다. 아들(인재), 파이팅!

가족앨범 。

　최근 가족끼리 제주여행을 다녀와 가족앨범을 만들었다. 휴
대폰으로 사진을 찍어 화질은 그다지 좋지 않다. 세종시에 살
고 있는 형님이 만들어 보내왔다. 우리 5남매의 모습이 생생
하게 담겨있다. 연휴 때로 되돌아간 느낌이다. 제일 위 누님이
61살. 막내 여동생이 53살이다. 옛날 같으면 모두 할아버지,
할머니 소리를 듣는 나이다. 그런데 지금은 누구하나 '늙은이'
라고 생각하는 사람이 없다.

　이번 여행은 여동생이 특히 좋아했다. 세 명의 오빠, 한 명의
언니와 함께 갔으니 그럴 게다. 여동생 왈, "휴대폰으로 찍으
니까 얼굴 주름도 안 나오고 더 좋은 것 같은데" 우리 형제는 남
다르게 우애가 좋은 편이다. 부모님한테 그런 심성을 이어받았
다. 결국 마지막에 남는 것은 가족이다. 남편, 아내, 자식, 부모
가 가장 중요하고 그 다음은 형제다.

　2박 3일간 여행하면서 다시 한 번 형제애를 돈독히 했다. 앞
으로 이런 모임을 자주 할 계획이다. 사실 형제도 모두 떨어져
살고 있어 한꺼번에 만나는 것이 쉽진 않다. 그래도 시간은 만
들면 된다. 항생 둘째인 내가 문제. 일요일도 격주로 근무하기
때문이다. 벌써부터 다음 만남이 기다려진다. 그때가 언제일까.

만남의 。
원칙 。

올 한 해도 페친들과 즐겁게 보냈다. 온라인뿐만 아니라 오프라인에서도 소통을 강화했다. 그러나 단체미팅은 갖지 못했다. 페북에 한 번 초대한 적 있으나 아무도 연락해오지 않았다. 매년 한두 차례씩 모르는 페친들과 만나왔다. 그렇게 만난 페친이 50여 명가량 될 듯하다. 이 가운데 10여 명은 자주 만나고 연락도 한다. 만남을 계속 이어가는 것이 쉽지 않다는 얘기다.

만남이란 일방적일 수 없다. 서로 마음이 통해야 한다. 1대 1로는 여러 명을 만났다. 더러 초대해 응했다가도 주저하는 분들이 있다. 낯선 사람을 만난다는 게 부담스러워 그럴 수도 있다. 내년 1월 16일 페친 세 명과 첫 모임을 갖는다. KT 지역본부장으로 있는 분이 서울로 올라와 축하하는 자리.

나머지 두 분은 대기업 임원, 자그만 회사의 CEO로 있다. 내가 가장 형뻘이다. 셋은 나보다 서너 살 아래다. 다 바쁘기 때문에 미리 날짜를 잡아야 한다. 그 다음 거기에 맞춰야만 얼굴을 볼 수 있다. 이런저런 사정을 얘기하다 보면 만나기 어렵다. 무엇보다 성의가 필요하다. 만남의 원칙이다.

노블레스。
오블리주。

올해 마지막 주를 시작한다. 어제 세종시에서 어머니 제사 지내고 밤늦게 올라왔다. 자정쯤 취침해 조금 전인 3시 50분에 일어났다. 하루 4시간 수면은 변함이 없다. 신통하게도 4시간 눈을 붙이면 저절로 눈이 떠진다. 몸 상태가 양호하다는 얘기다. 만약 이상이 있다면 그러기 쉽지 않을 터.

이번 주도 마지막 날까지 바쁘다. 해를 넘기지 말고 얼굴 보자는 분들이 많아 거푸 약속을 했다. 즐거운 비명이라고 할 수 있다. 수요일 점심은 점보실업 오성회 회장님 내외분과 한다. 항상 부부동반으로 만난다. 우리 부부에겐 부모님, 아들(인재)에게 할머니, 할아버지 같은 분이다. 90년대 초 상공부를 잠시 출입할 때 처음 뵈었다. 취재원과 기자로 만났지만 그 뒤로 쭉 가족처럼 지내왔다.

오 회장님의 훌륭한 일화는 수도 없이 많다. 그중 딱 한 가지만 소개해 드리겠다. 슬하에 아들만 셋 있다. 둘째, 셋째는 쌍둥이. 셋 다 작은 결혼식을 치렀다. 가까운 지인들만 초대했다. 물론 축의금도 받지 않았다. 우리 부부는 매번 참석했다. 작은 봉투를 준비해 갔다가 얼마나 민망했는지 모른다. 거의 20년 가까이 된 얘기다. 그분들은 그때부터 노블레스 오블리주를 실천하고 있었던 셈이다.

이번에도 회장님이 먼저 전화를 주셨다. "인재 아빠, 올해도 지나가는데 점심이나 같이합시다." 회장님 부부가 여의도로 나오신다. 기업 하시는 분들이 회장님만 같다면 욕먹을 일이 없다. 대한민국의 어른으로서 존경할 만하다. 회장님의 건강을 빈다.

섬김의 。
정신 。

　김석준 안양대 총장님에게서 편지가 왔다. 지난 4일 이 대학에 특강을 하러 갔다가 책을 한 권 드렸더니 감사의 뜻을 전해온 것. 며칠 전 총장 비서실에서 주소를 알려달라는 전화가 왔었다. 비서를 통해 책을 받았다는 연락만 해도 될 텐데 편지까지 직접 보내왔다. 그 감동은 비교할 바가 못 된다.

　내가 늘 강조하는 이른바 '섬김의 정신'을 보여준다고 할까. 안양대에 대한 이미지도 확 달라졌다. 총장님부터 솔선수범하니 교직원과 학생들도 이를 따르지 않겠는가. "이렇게 귀중한 도서(오풍연처럼)를 보내주셔서 진심으로 깊은 감사를 드립니다. 귀한 책을 읽고 가르침으로 삼겠습니다.(중략)"

　편지를 받은 나도 기분이 좋다. 이는 곧 관심의 표현이다. 연락을 안 해도, 편지를 안 해도 그만이다. 그런데 편지까지 보내셨으니 그 감동은 두 배 이상이다. 나 역시 항상 그러하려고 노력한다. 물론 김 총장님께 답장을 드릴 것이다. 페이스북에 올린 내용을 그대로 전해드릴까 생각 중이다. 책을 선물하고 이 같은 편지를 받은 것은 두 번째다.

효성그룹 조석래 회장님한테도 받은 적 있다. 그때는 네 번째 에세이집 『사람풍경 세상풍경』을 드렸었다. 당시 조 회장님으로부터 편지를 받은 뒤 효성그룹을 다시 보게 된 것도 사실이다. 이처럼 작은 정성이 큰 감동을 자아낸다. 실천의 중요성을 거듭 느낀다. 오늘 새벽도 상쾌하게 출발한다. 모두 굿모닝!

대구。
감삼성당 신자들。

"오늘 만나 뵙게 돼서 정말 기쁘고 감사하게 생각합니다." "귀한 시간 내주셔서 감사드립니다." "감사합니다. 오늘 오전 시간은 선물이었습니다.^^" "뵙게 되어서 반가웠습니다~~ 다음에 또 뵐 수 있기를 기대하겠습니다~^^" 대구 감삼성당에서 만난 네 분의 메시지다. 지인 결혼식 참석차 대구 내려가는 길에 신자들을 만났다.

모두 가정주부. 나이는 39~46살. 이 성당 독서클럽 회원이라고 했다. 어젠 오전 10시 30분부터 12시 20분까지 1시간 50분가량 대화를 했다. 한 신자는 내 9번째 에세이집 『오풍연처럼』을 읽으신 분. 그분이 다른 신자 세 분을 소개했던 것. 성당 안에 작은 커피숍이 있었다. 한 분이 맛있는 커피를 내려주셨다.

아무래도 내가 더 많은 말을 했다. 신자들이 아주 흥미 있게 경청했다. 그리 대단한 것도 아니다. 내가 사는 얘기. 나의 문학관을 들려주었다. 삶 자체가 하나의 문학이라고 했다. 그리고 일기도 문학이 될 수 있다고 말씀드렸다. 다분히 주관적인 나의 문학관이다. 7번째 에세이집 『그곳에는 조금 다르게 행복한 사람들이 있다』를 2권 가지고 내려갔다.

한 권은 특별히 문예창작과를 지망하는 딸을 둔 어머니께 드
렸다. 또 한 권은 감삼성당 신자들께 기증했다. 성당도 둘러봤
다. 그리 크지 않지만 정결했다. 오후 1시 결혼식이 있어 아쉽
지만 헤어졌다. 독자와의 만남. 언제나 설레게 한다.

초등。
망년회。

시골 초등학교 친구들과 망년회를 했다. 전체적으론 올해 처음 만났다. 상반기 모임은 메르스 때문에 갖지 못했다. 매년 여름, 겨울에 만나왔다. 전체 회원은 10명. 근무 중인 1명을 빼고 9명이 참석했다. 서울, 일산, 인천, 화성, 용인, 평택, 파주 등에 흩어져 산다. 지하철이 닿는 신도림동 디큐브시티 내 경복궁에서 만났다. 고깃집이다.

저녁 7시 30분에 모두 모였다. 음식이 정갈하게 나왔다. 술도 주거니 받거니 했다. 나는 콜라로 대신했다. 말술을 자랑하던 내가 술을 마시지 않아 의아해하는 친구도 있었다. 통풍으로 입원했던 얘기 등 자초지종을 듣고서야 고개를 끄덕였다. 하나같이 성실하고 착한 친구들이다. 그래서 모두 자리를 잡았다.

시골 친구들은 우선 순수하다. 어릴 적 그대로다. 2년 전 미리 세상을 떠난 친구도 하나 있다. 모임 때마다 그 친구가 생각난다. 그래서 다들 건강하자고 다짐했다. 10시 가까이 돼서 끝났다. 내년 상반기 모임은 경기도 용인 사는 친구가 초대했다. 그때 전체가 다시 만날 터. 한 친구가 가죽장갑을 가지고 와 선물하기도 했다. 아쉽지만 다음을 기약하면서 헤어졌다. 참 좋은 만남이다.

불알친구들。

　조금 전 이번 학기 마지막 수업을 마쳤다. '보아도 보아도 순수한, 깨끗한 왕근~ 항상 밝은 편한 마음을 주는 동주~ 나의 형 희동~ 열심히 살아가는 풍연~ 이번 달 송년 모임들이 많을 테니 건강관리 잘하거라.' 중학교 단짝 친구인 천수가 카톡에 남긴 메시지다. 대전 중앙중학교 3학년 때 같은 반을 했던 친구들이다.

　정말 친하게 지냈다. 지금은 흩어져 살고 있다. 대전에 둘, 서울에 둘, 수원 하나. 왕근이는 현재 공군작전사령관(중장)이다. 어릴 적 꿈도 파일럿. 그 꿈을 이뤄 중책을 맡고 있다. 동주는 청와대 경호실을 거쳐 공기업 임원으로 있다. 내가 청와대 출입기자로 있을 땐 함께 있었다. 희동이도 공기업 근무. 대전을 지키는 터줏대감이라고 할 수 있다. 천수는 충남 금산 출신. 사업과 강의를 병행하고 있다. 법 없이도 살 친구.

　다섯이 함께 만난 지는 아주 오래됐다. 하지만 마음은 예전 그대로다. 다시 뭉치게 될 터. 열심히 사는 친구들이 늘 자랑스럽다. 결론은 하나. 죽지 않으면 다시 만난다. 오래 살아야 할 이유라고 할까.

대전고 。
58회 。

　대전고, 참 멋진 학교다. 그중에서도 우리 58기는 돋보인다. 오늘 망년회. 지난해는 대구에서 행사가 있어 부득이 참석하지 못했다. 올해는 60여 명 정도 나온 것 같다. 모두 중년의 티가 난다. 검은 머리보다 흰머리가 더 많다. 고등학교를 졸업한지 만 36년. 우리도 내일 모레면 60이다.

　참석한 친구들은 표정이 밝았다. 고교 졸업 후 처음 보는 친구도 있었다. 그래서 덕담을 건넸다. "살아 있으니까 만나잖아. 오래 살자구." 한 친구는 100살까지 살자고 했다. 아마 그때까지 사는 친구도 나올 게다. 그럼 앞으로 40여 년. 나는 조금 먼저 자리를 떴다. 술을 한 모금도 안 마시다 보니 살짝 양해를 구한다.

　이번에 동기 재경회장도 바뀌었다. 전임 도정화 회장은 정말 열심히 챙겼다. 신임 안계훈 회장도 그에 못지않을 터. 58기의 저력을 엿볼 수 있는 대목이다. 파이팅!

바쁜。
하루。

오늘 하루도 일정이 빡빡하다. 대구에 내려가 오전 강의를 한 뒤 대구한의대 학장으로 있는 고교 친구와 점심을 하기로 했다. 그 친구가 몇 번 점심을 함께하자고 연락이 왔는데 나의 다른 일정 때문에 미루다 오늘에서야 비로소 만난다. 학회 등 외부 활동도 열심히 하는 친구다. 내 고향인 충남 보령과 이웃한 부여 출신이다. 친구의 어머니는 부여에 살고 계신다.

저녁에는 서울에서 대전고 3학년 8반 반창회가 있다. 내가 나온 반 모임이다. 1979년 고교 졸업과 함께 절반 이상 서울로 올라왔다. 고교를 졸업한 지 만 36년 됐다. 우리나이로 56~57세. 현직을 떠난 친구도 여럿 있다. 그만큼 세월이 흘렀다는 얘기. 세월은 붙잡을 수 없다. 거기에 순응해야 한다. 반창회는 3개월에 한 번씩 한다. 자주 하는 편일 터. 매번 10여 명은 꼬박 참석한다. 다른 반 친구들도 우리 반을 부러워한다.

고등학교 친구들이 가장 좋다. 앞으로도 30년은 함께 만날 친구들. 모두 건강했으면 좋겠다. 친구들 얼굴이 한 명씩 그려진다. 모두 파이팅!

내 모교。
대전고。

어젠 대전고 언론인 모임에 참석했었다. 옛날의 영화는 찾아보기 힘들다. 지금은 전부 모여야 30~40명. 한때는 150명가량 됐었다. 고교 평준화 이후 충원이 안 됐기 때문이다. 대전고는 1981년(60회) 졸업생까지 시험 기수다. 나는 1979년(58회) 졸업했다. 두 기 후배까지 시험을 치고 들어온 것.

중앙일보 출신 선배가 얘기했다. 선배가 회사에 있을 땐 대전고 출신이 17명 정도 됐다고 했다. 다른 언론사도 비슷했다. 내가 25년 2개월간 다녔던 서울신문에도 10여 명 이상 있었다. 현재 서울신문에는 1명도 남아있지 않다. 충원은 안 되고 퇴직자만 늘어난 까닭이다. 언론사 가운데는 대전고와 전주고의 세가 가장 컸다.

대전고 선배들이 5개 신문, 방송사의 편집 보도국장을 동시에 한 적도 있다. 이제는 우리도 나이가 들었다. 25년 후배도 있었다. 그러나 시험 이후 기수는 손에 꼽을 정도다. 몇 년 후면 언론동문모임 자체가 없어질지도 모른다. 받아들여야 하는 현실이 안타깝다.

인연 。

"안녕하세요? 페북에서 자주 뵈었어요^^ 영락교회 다니시더군요~ 오늘 우연히 보았어요⋯⋯. 그냥 지나쳤지만요^^" 파이낸셜뉴스 전재호 회장님 영락교회 장로 취임 예배에 참석 중 이같은 메시지를 받았다. 페친인 김현정 님이 보내신 것. 물론 한 번도 통화를 하거나 뵌 적이 없다. 그래서 나도 답을 드렸다.

"네. 교회 왔습니다. 김현정 님도 이 교회 다니시나요. 저는 교회에 다니진 않습니다. 축하하러 들렀습니다. 예배 참석 중이라면 끝나고 뵙죠. 제 번호는 01053279*** 입니다." 예배가 끝난 후 통화가 됐다. 김현정 님은 다른 곳에서 식사 중이었다. 페이스북에서 나를 본 기억이 나더라고 했다. 혹시나 해서 메시지를 보내셨던 것. 이런 일은 두 번째다.

지난해 겨울 신라호텔 예식장에서도 비슷한 경험을 했다. 한 페친이 예식장에 들어오는 나를 봤다고 했다. 그땐 페친이 내 자리를 찾아와 만났다. 페이스북은 이처럼 모르는 사람끼리도 연결시켜 준다. 신통한 SNS라고 할 수 있다. 페북이 전 세계적으로 인기를 끄는 이유다. 김현정 님도 조만간 뵐 수 있을 것 같다. 페북을 사랑합시다.

사람。
사귀는 법。

　동갑내기 친구 셋과 저녁을 했다. 한 명은 여자, 둘은 남자. 남자 둘은 어제 처음 만났다. 한 명은 대기업, 또 한 명은 정치권에서 일한다. 여자 친구도 사업을 한다. 대구에서 강의를 마치고 서울 집에 들렀다가 약속 장소로 나갔다. 넷의 관심사가 크게 다르지 않았다. 좋은 사람들과 만나 즐겁게 지내는 것. 어제 모임도 같은 맥락이었다.

　세상엔 별 사람이 다 있다. 결국 끼리끼리 만날 수밖에 없다. 나도 사람을 만나는 기준이 있다. 불편한 사람은 처음부터 만나지 않는 것. 그러다 보니 주위에 좋은 사람뿐이다. 그것 또한 내 기준이다. 나부터 만나는 사람을 아껴야 한다. 그래야 관계가 오래 간다. 사람을 가려서도 안 된다. 있고 없고, 많이 배우고 덜 배우고는 문제가 되지 않는다. 첫 번째는 인간성이다. 사람 됨됨이를 가장 먼저 본다.

이젠 한두 번만 만나도 대충 알 수 있다. 첫 번째 만남이 제일 중요하다. 그리고 진지해야 한다. 말 한마디, 행동 하나 신경 쓸 필요가 있다. 가까울수록 예의를 지키는 것이 좋다. 그런 점에서 볼 때 어제 만난 친구들은 내 기준과 부합했다. 집으로 돌아오는 발걸음도 가벼웠다. 이런 것이 사람 사는 재미다.

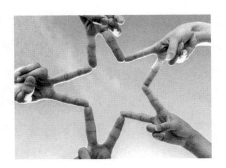

나는。
전국구。

    페이스북의 장점을 또 한 번 느꼈다. 이번 아들과 남도여행에서도 페친을 만나 환대를 받았다. 여수의 이상철 대표님. 서울에서 대학을 마치고 90년대 중반 고향으로 내려갔단다. 수산물 유통업과 대형 식당을 운영하신다. 원래 여수에 갈 생각은 없었다. 광주에 내려갔다가 연락이 닿았다. 광주에서 여수까지는 140km. 가까운 거리가 아니다.

    이 대표님의 식당에서 맛있는 점심을 대접받았다. 그리고 직접 담근 새우장도 싸주셨다. 서울에 가지고 올라왔더니 장모님과 아내가 좋아했다. 나는 예정에 없던 방문이라 책도 준비해 가지 않았다. 전국 곳곳에 페친이 있는 편이다. 대도시는 거의 있는 것 같다. 동갑내기 친구인 전주의 김종선 회장도 페친. 대전 조웅래 회장, 박원천 사장, 최순희 님도 페북을 통해 인연을 맺었다. 어디를 가든 페친을 만날 수 있어 좋다. 타지에 가면 그쪽 사람을 만나는 게 쉽지 않다.

광주 조영호 사장님께는 일부러 연락을 안 드렸다. 안경점을 하셔서 주말에도 바쁘다. 광주 정기식 사장님은 마침 중국 여행 중이라 못 만났다. 순천 김선일 대표님도 연락이 닿았지만 행사 관계로 뵙지 못했다. 페북이 아니었더라면 만나지 못했을 분들이다. 나에겐 한 분 한 분이 소중하다. 인연은 이렇게 쌓이는 법이다.

망년회.

연말이 다가오고 있다. 여기저기서 망년회를 하자는 연락이 온다. 매년 똑같은 연례행사. 모두 참석하기는 어렵다. 겹치는 날도 있을 터. 내가 빠지지 않고 참석하려는 모임이 있다. 대전고 58회 재경 망년회. 지난해는 부득이하게 나가지 못했다. 대구에서 다른 행사와 겹쳐 올라올 수 없었다. 올핸 12월 10일. 종강하는 날. 대구서 강의를 마치고 올라와 참석할 예정이다.

다들 그렇겠지만 고등학교 친구들은 언제 만나도 좋다. 이젠 중년을 벗어나 초노년으로 접어드는 시기. 까까머리 고교생이 전성기를 지나 정리단계로 접어들었다고 할까. 벌써부터 설렌다. 또 하나는 시골 초등학교 동창 모임. 내가 충남 보령 고향서 초등학교를 졸업하진 못했지만 그들과 어울린다. 대전으로 전학가기 전 5학년 2반 친구들이 멤버다. 처음에 12명이 시작했는데 중간에 1~2명 빠졌다. 또 한 명은 2년 전 세상을 떠났다. 그래서 지금은 8~9명쯤 나온다.

모두 열심히 산다. 며느리, 사위, 손주를 본 친구들도 있다. 초등학교 동참 모임은 12월 5일. 어떤 모임이든지 가급적 참석하는 것이 좋다. 얼굴을 자주 보아야 더 가까워진다. 사람은 혼자서 살 수 없기 때문이다. 그러려면 가까운 이부터 챙겨야 한다. 만남은 그 첫 번째 요소다.

친구。

　최근 가족 얘기를 여러 번 한 바 있다. 가족의 중요성은 아무리 강조해도 지나치지 않다. 가족을 소중히 여겨야 한다는 얘기다. 여기에 하나 더 덧붙일 게 있다면 뭘까. 바로 친구다. 마음이 통하는 벗은 돈을 주고도 살 수 없다. 실제로 형제보다도 더 자주 만난다. 마음에 맞는 친구 몇이 있다면 인생을 아주 잘 산 것이다. 하지만 그것이 쉽지 않다. 친구 사이에도 예를 갖추어야 한다.

　가깝고도 어려운 사이가 바로 친구다. 그냥 욕이나 하고 함부로 대하는 것은 친구가 아니다. 그것을 친구로 여기는 사람도 적지 않다. 정말 친구는 내가 아껴야 한다. 말 한마디도 가려서 해야 함은 물론이다. 행여 친구의 마음을 상하게 해서는 안 되기 때문이다. "아빠는 **아저씨가 있어서 좋겠어." 시골 초등학교 친구들을 두고 하는 말이다. 아들의 눈에도 그렇게 비친 모양이다.

일찍 서울로 올라와 자수성가한 친구다. 어제도 여의도에서
만나 점심을 함께 먹었다. 한 달에 적어도 서너 번은 만난다.
일주일쯤 보지 못하면 궁금해진다. 내가 아무리 바빠도 일주일
에 한 번은 약속을 비워두는 이유다. 자꾸 미루다 보면 얼굴을
보지 못한다. 친구도 자주 만나야 훨씬 가까워진다. 안 보면 남
이 된다.

그날은 친구가 주먹보다 큰 사과를 한 상자 갖고 왔다. 내가
사과를 좋아하는 것을 알고 사들고 온 것. 청송 사과란다. 새
벽에 일어나 1개를 깎아 먹었다. 엄청 맛있다. 아침 5시 45분,
KTX로 대구 내려가는 날. 오늘 하루도 이렇게 시작한다.

비보.

뜻밖의 비보를 들었다. 파이낸셜뉴스에서 모셨던 김성호 전 주필님이 갑자기 돌아가셨다는 것. 원래 TBC, 중앙일보 출신. 중앙일보에서 정년퇴직한 뒤 문화일보를 거쳐 파이낸셜뉴스에 오셨었다. 영원한 현역으로 후배들의 롤 모델이 되기에 충분했다. 기자생활만 50년 가까이 하셨다. 우리 논설위원들이 몇 달 전에도 광화문에 나가 저녁을 함께했었다. 당시도 굉장히 건강해 보이셨다. 적어도 100수를 누리리라 생각했다.

아들은 없고, 딸만 셋을 두셨다. 가정도 다복했다. 그리고 독실한 크리스천. 성가대 활동도 열심히 하셨던 것으로 기억한다. 특별히 편찮으신 데도 없었다. 왜 돌아가셨는지 궁금하다. 오늘 낮에 문상을 갈 예정이다. 내가 어떻게 될지는 세상 누구도 모른다. 당장 내일 죽을 수도 있다.

어제 을지로 골뱅이 골목에서 만난 '나눔모임' 회원들과도 같은 얘기를 했다. 인생 80이라고 해도 길지 않다. 금세 시간이 지나간다. 살아 있을 때 최선을 다해야 한다. 오늘 할 일을 뒤로 미루면 안 된다. 나의 생활신조이기도 하다. 나는 오늘을 중시한다. 내일은 생각하지 않는다. 오늘 최선을 다하면 내일이 있다는 믿음 때문이다.

친절。

　지인들과 함께 여의도 콘래드호텔 아트리오에서 점심 식사를 했다. 자주 갈 형편은 못 되고, 가끔 들른다. 언제 가도 직원들이 친절하다. 오늘도 그랬다. 직원 가운데 얼굴을 처음 뵙는 분이 있었다. 나중에 알고 보니 새로 바뀐 여자 지배인이었다. 인상이 퍽 좋았다. 식사를 마치고 나오면서 명함을 주고받았다.

　내가 먼저 맛있게 먹었다는 메시지를 보냈다. 그랬더니 바로 답장이 왔다. "오늘 뵙게 되어서 너무 반가웠습니다.^^ 바쁘실 텐데도 이렇게 메시지도 주시고 너무 따뜻한 분이신 것 같아서 앞으로 자주 뵙고 그 모습 본받고 싶습니다. 오시는 발걸음이 항상 가뿐하고 편안하실 수 있도록 저와 팀 모두 노력하겠습니다. 감사합니다. 좋은 하루 보내세요." 이처럼 메시지에서도 친절함이 묻어났다. 콘래드가 유명 호텔로 우뚝 설 수 있는 이유일 게다.

　어느 직종이든 친절은 기본이다. 내가 강의할 때 가장 강조하는 대목이기도 하다. 나 역시 직원들을 최대한 존중한다. 웃으면서 대하면 족하다고 본다. 그러는 동안 손님과 직원 사이에도 신뢰가 생긴다. 친절을 생활화하자.

청춘회 。

　　최근 청춘회가 다시 부활을 했다. 청춘회는 2000년대 초반 김대중 전 대통령 당시 청와대를 출입했던 기자들과 직원들의 친목 모임이다. 청와대 춘추관의 첫 자를 따 청춘회로 작명했다. 춘추관은 기자들이 머무르는 곳. 한 회원이 단체카톡방을 만들었다. 그동안 소식이 뜸했던 친구들도 소식을 전한다.

　　전체 회원은 40여 명. 단톡방에는 39명이 참여하고 있다. 빠져나가는 친구가 거의 없다는 얘기다. 모두 기다렸다는 듯이 소식을 공유한다. 새벽을 즐기는 내가 글도 많이 올리는 편. 박지원 전 비서실장님과 박선숙 전 수석님도 회원이다. 우리에겐 영원한 비서실장과 대변인이다. 지금도 당시 호칭을 그대로 부르고 있다.

　　기자들은 대부분 취재 일선을 떠났다. 나이가 그렇게 됐다. 50대 중후반. 40대 초반에 만났는데 세월이 그만큼 흐른 것이다. 청춘회는 1년에 한 번가량 만나왔다. 올해는 11월 10일에 모이기로 했다. 매번 30명 가까이 참석한다. 유대감이 강한 편이다. 개성 강한 기자들로선 아주 드문 일. 올해 모임도 기대된다.

아가씨와 。
데이트를 。

멋진 아가씨와 데이트를 했다. 여의도의 한 대기업에 근무하는 직장 여성. 나와는 페친이기도 하다. 어제가 세 번째 만남. 단 둘이 만나기는 처음이었다. 굉장히 열심히 사는 커리어 우먼이다. 그래서 아직 미혼. 일을 더 사랑한다고 할까. 그녀로부터 여러 가지 얘기를 들을 수 있었다. 요즘 젊은이들과는 많이 달랐다. 자기 주관이 분명했다. 저녁 6시 30분에 만났는데 두 시간 이상 대화를 했다. 9시가 거의 다 돼서 헤어졌다.

무엇보다 일의 소중함을 알고 있었다. 그래서 또래에 비해 성숙해 보였다. 당연히 직장에서도 인정을 받을 터. 과장 3년차라고 했다. 앞날이 기대되는 젊은이다. 이런 젊은이와 함께 할 수 있는 나도 행복하다. 예순이 더 가까운 나이. 마음만큼은 젊다. 되도록 젊게 살자. 그러려면 젊은이들과도 어울려야 한다. 나이는 그저 숫자에 불과하다. 60도 청춘이다.

진짜。
교수님。

그저께 교보문고에서 만났던 1호 독자와도 인연이 이어지고 있다. 책에 사인을 해 드리고 명함도 주고받았다. 한양여대에 재직 중인 여자 교수님이다. 저자님이 직접 나와 계시다고 책을 한 권 사셨다. 원래 내 책은 살 계획이 없으셨던 분이다. 그래서 감사한 마음에 메시지를 보냈다.

"어제 책 구입에 감사드립니다. 1호 독자이셨습니다. 감사합니다." 솔직히 답장은 기대하지 않았다. 그런데 바로 메시지를 보내오셨다. "그렇게나 의미 있는 독자로 책을 만나게 되어 저도 감사합니다. 건승하시기 바랍니다." 카톡도 연결됐다. 지난 5월 아침마당에 출연했던 동영상도 보내드렸다. 보신 뒤 소감까지 보내왔다.

"선생님의 건강하고 순수한 삶을 보게 되었습니다. 늘 가정의 행복과 건승을 더욱 빌어드리고 싶습니다. 다소 늦은 시각 죄송합니다. 감사합니다." 필경 그 교수님은 학생들에게도 똑같이 할 터다. 하나를 보면 둘을 안다고 했다. 이런 선생님들이 교단을 지켜야 한다. 다시 한 번 감사드린다. 그런 독자를 처음 뵌 것도 영광이다.

과분한。
사랑。

　9번째 에세이집을 낸 뒤 과분한 사랑을 받았다. 온통 고마운 사람들뿐이다. 먼저 박경후 님. 나와 동갑내기 페친이기도 하다. 언제나, 늘 나를 격려해 준다. 진심이 묻어나기에 더욱 고맙다. 보통 남자 이상의 배포도 가졌다. 강남에서 일식집을 하고 있는 김민수 씨도 인증샷을 보내왔다. 벽에 책이 한 권 놓여 있는 사진이다. 장사를 하면서 책을 보는 게 쉬운 일은 아니다. 젊은 친구인데 사업도 열심히 한다. 사업 번창과 함께 고마움도 전한다.

　어젯밤 소개했던 안정선 이사장과 대전의 최순희 박사, 고교동기인 하상수 치과원장도 반드시 책을 읽을 사람들이다. 그런 분들이 계시기에 힘도 나고, 계속 글을 쓰겠다는 다짐도 한다. 말하자면 내 글쓰기의 은인인 셈이다. 몇몇 지인들에겐 올 추석 선물 대신 책을 보냈다. 다 읽고 소식을 전해온 분들도 있다. 책을 잘 읽지 않는 터라 더욱 고마운 것이다.

　따라서 책을 읽지 않는 분들에게 책을 주는 것은 되레 짐이 된다. 책을 줄 때 신중할 수밖에 없는 이유다. 이런 설렘과 감사함도 한두 달이 고작일 때가 많다. 99.9%의 작가들이 비슷한 경험을 한다. 관심을 끌기가 그만큼 어렵다는 얘기.『오풍연처럼』은 어떤 운명에 처해질까.

예쁜。
선배님。

　멋진 선배님과 함께한 날이었다. 어제 성북동 누브티스에서 가진 사인회에 박선화 고대의대 교수님이 오셨다. 교회 갔다가 사인을 받기 위해 일부러 오신 것. 교수님이라고 믿기 어려울 정도로 젊고 아름다우셨다. 처음엔 내 또래 정도로 봤다. 그런데 대학 학번으론 5년 위. 나는 재수를 해 철학과 80학번, 선배님은 75학번이셨다.

　젊어서 미인(?)으로 꽤 날리셨을 것 같다. 우리가 대학 다닐 때도 고대에는 미인이 흔치 않았다. 여학생도 거의 남학생 같았다. 교수님의 전공은 해부학. 남자도 조금 꺼려할 과목을 가르치고 있는 것이다. 얼굴과 조금 어울리지 않는 전공이라고 할까. 75학번 의대 입학 당시엔 여성 할당제가 있었다고 했다. 30%를 여학생으로 뽑았다는 것. 그런데 여학생들의 성적이 우수해 1명을 더 뽑아 31명이 들어왔단다. 당시부터 여학생이 우수했던 듯하다. 말하자면 40년 전부터.

선배님과 두 시간 가까이 얘기를 나눴다. 동갑내기 친구인 엄창섭 박사도 같은 과 교수로 있다. 한 다리 걸치면 다 아는 게 우리나라. 그래서 더 정직하고 성실하게 살아야 한다. 마침 아내도 저녁 무렵 누브티스에 와 작은 동창회를 했다. 아내는 사학과 83학번. 멋진 하루였다.

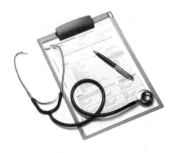

가을 남자가。
되려나。

"토요일 저녁에 『오풍연처럼』이 집으로 도착했습니다. 진정성 있는 삶의 기록들은 구구절절 말을 붙이지 않아도 자연스런 감동이 있습니다. 작가님 진심으로 감사드립니다." yes24에 미리 주문한 독자들은 11일~12일 『오풍연처럼』을 수령한 것 같다. 책을 받자마자 서평을 올려주신 독자도 있다. 진심으로 감사한 일이다. 위의 글은 페친인 장기영님의 댓글이다.

장기영님은 절친이지만 아직 얼굴을 뵙지 못했다. 내가 이즌잇에서 진행하고 있는 무료 강좌 '기자/PD 스터디'도 수강했다. 1기 수강생이다. 30대 중반의 만학도로 알고 있다. 학업과 일을 병행하는 분이다. 뭐든지 열심히 한다. 나 또한 이런 분들이 계시기에 글 쓰는 맛이 난다. 독자가 없는 글은 죽은 것과 마찬가지다. 한 사람이라도 읽어주는 분이 있어야 글로서 생명을 유지한다.

어쩌면 광화문 교보문고에 오풍연 쇼케이스가 만들어질지도 모르겠다. 교보문고 측과 거의 얘기를 끝냈다고 한다. 나로선 영광이 아닐 수 없다. 무명작가에게 이 같은 조치는 매우 파격적이다. 처음부터 파격의 연속이라고 할까. 어쨌든 신나는 일이다. 오풍연에게 올 가을은 유난히 기억에 남을 듯하다.

커리어우먼 。

    아주 귀한 두 분이 여의도를 다녀가셨다. 아세아항공직업전문학교 전영숙 이사장님과 친구 분. 나보다는 네 살, 여섯 살이 많은 분들이다. 누님과 같다고 할까. 콩국수집에서 점심을 해결한 뒤 자리를 옮겨 팥빙수도 먹었다. 두 분 모두 일과 살림을 함께 하는 커리어우먼이다. 때문인지 젊어 보이신다.

    여성에게도 일이 필요하다. 전 이사장님은 뒤늦게 학교 경영에 참여하셨다. 그럼에도 여느 경영자 못지않게 학교를 잘 운영하신다. 아세아 학교에 가면 이사장님의 숨결이 느껴진다. 학교가 아주 깨끗하다. 학생들의 편의를 위해서라면 투자도 아끼지 않는다. 그래서 학생들의 만족도도 높을 터. 같이 오신 친구 분도 대단했다. 보험영업을 하시는데 상위 1%에 해당된다는 에이스회원. 낮에 회사 일을 하고 밤에는 남편이 하시는 일도 도와드린다고 했다. 쉽지 않은 일을 하고 계셨다.

    여자들도 이처럼 일을 하는 것이 좋다. 일을 하면 덜 늙는다. 이젠 우리나라도 남편 혼자 벌어선 먹고 살기 힘들게 됐다. 맞벌이 부부가 대세다. 그러다 보니 출산율이 떨어지는 것은 어쩔 수 없는 일. 두 마리 토끼는 잡을 수 없는가 보다. 우리 아내는 전업 주부. 그래도 사랑스럽다.

언행일치 。

　어젠 고등학교 후배가 여의도를 찾아와 차 한 잔 했다. 대학
도 후배. 언론사 CEO를 했던 친구다. 지금은 잠시 쉬고 있다.
인품도 훌륭하고, 능력도 있는 후배다. 그 친구는 54살. 앞으
로 어떻게 살 건가 주로 얘기를 했다. 페친이어서 서로 근황은
대충 알고 있다. 나는 그 친구에게도 마음을 비우니 편하다고
했다.

　실제로 그렇다. 내 쉰여섯 인생에서 지금처럼 편할 때가 없
었다. 밥 세끼 먹고, 잘 자고, 할 일이 있다는 데 만족한다. 자
리에 대한 욕심도 비웠다. 남에게 아쉬운 소리를 할 필요도 없
다. 그러니 부러울 것도 없다. 여기서 가장 중요한 것은 건강.
몸이 성하면 무슨 일인들 못하겠는가. 내가 하루도 빠짐없이
걷기를 계속하는 이유이기도 하다.

　70까지 현역이 목표다. 자신감도 있다. 일에 대한 열정도 있
다. 포기하면 아무 것도 못 한다. "나는 할 수 있다"는 자신감
이 있어야 한다. 학생들에게 1년 내내 강조하는 대목이기도 하
다. 그래서 나부터 실천한다. 언행일치.

미국 페친과.
조우.

　미국에 살고 있는 페친이 한국에 나오셨다. 세실리아 한, 그를 알고 있는 분도 있을 게다. 한국엔 9월 1일까지 계신단다. 오늘 뵙기로 했다. 물론 처음이다. 그분은 지금 여의도 친척집에 머물고 계시다. 서울 지리를 잘 몰라 내가 모시러 갈 참이다. 논현동, 정릉 등에도 가까운 친척이 있다고 하셨다. 한국에 오래 계실 수 있는 이유다.

　미국 뉴욕 쪽에 살고 있지 않나 생각된다. 이번엔 혼자 나오셨다고 했다. 9년 만이란다. 내 페친 5,000명 가운데 미국에 있는 페친은 몇 분 안 된다. 그중 한 분이 한국에서 나와 만나기로 했으니 내가 더 영광이다. 졸저지만 내 책을 선물할 계획이다. 내가 사는 모습을 담았으니 읽어보실 것으로 믿는다. 이 또한 페이스북의 장점이다.

　페북의 인연이 아니었더라면 어찌 그분을 만날 수 있겠는가. 내가 미국에 갈지도 모른다. 거기서 만난다면 또 다른 감회가 있을 터. 정말 세상이 좁아졌다. 전 세계 어디든 맘만 먹으면 당장이라도 갈 수 있다. 그런 날을 기대해 본다.

친구의 。
방문 。

　케이디파워 박기주 의장이 회사엘 다녀갔다. 여의도 콘래드 호텔에서 행사를 마치고 밤늦게 회사를 찾아왔다. 나도 마침 회사 인근에서 저녁 모임이 있어 그 친구를 만날 수 있었다. 박 의장이 지난 번 장모 상을 당했는데 문상을 못 갔었다. 미안하던 차에 친구를 볼 수 있어 좋았다.

　하루 24시간을 쪼개 사는 친구다. 동에 번쩍, 서에 번쩍한다. 나도 열심히 사는 편이지만, 그 친구는 나보다 두 배는 더 열심히 산다. 그래서 오늘날 KD그룹을 일궜다. 언제 봐도 에너지가 넘친다. 항상 먹거리를 찾아 세계를 누빈다. 요즘 그의 먹잇감은 중국 대륙. 수시로 중국을 오간다. 최근 관심 분야는 헬스 케어. 대략 사업 구상을 들어보니 아이디어가 훌륭했다. 그 친구라면 반드시 해낼 것이다. 나도 미력하나마 힘을 보탤 생각이다.

　우리 논설위원실에서 한 시간 가까이 얘기를 나눴다. 저녁도 거른 그였다. 나를 집까지 바래다주고 헤어졌다. 50년, 100년 후를 내다보는 친구다. 미래를 꿰뚫는 눈을 가졌다. 춘천의 카이로스도 그렇게 탄생했다. 케이디파워와 박 의장의 발전을 빈다.

만남。

　나는 새벽만큼이나 오늘도 좋아한다. 오늘이 없으면, 내일도 미래도 없다. 오늘 최선을 다해야 하는 이유다. 그날 할 일은 뒤로 미루지 않고 당장 해치운다. 어제도 그랬다. 나에게 '기자/PD 스터디'를 진행할 수 있도록 인터넷 공간을 제공한 이즌잇 측에서 3기 우수 수강생 4명의 명단을 보내왔다. 주소를 보니 대전 1명, 세종시 2명, 서울 1명이었다.

　바로 이들에게 메시지를 보내 축하를 건넸다. 그리고 우체국으로 가 내 사인이 든 책을 두 명에게 보냈다. 세종시에 있는 두 분은 함께 근무하고 있어 한 권만 보냈다. 또 대전에 계신 분은 이미 만난 적이 있어 따로 책을 보내지 않았다. 이들과 단체카톡방도 만들었다. 내가 네 분을 초대해 서로 인사를 나눌 것도 권했다. 그리고 세종시와 대전시에 살고 계신 분들과는 한번 만나자고 제안했다. 세 분 모두 동의했다.

그래서 날짜까지 잡았다. 오늘을 중시하는 내 스타일답게. 7월 10일(금) 점심을 하기로 했다. 내가 대전으로 내려가 대전 분을 만나서 세종시로 함께 이동할 계획이다. 약속을 잡기까지 채 5분이 걸리지 않았다. 어제 약속 역시 나중에 잡자고 하면 언제 만날지 모른다. 아니 못 만날 가능성이 크다. 이처럼 오늘이 쌓이면 보람도 얻을 수 있다. 그래서 하루를 헛되이 보내면 안 된다. 오늘도 힘차게 출발한다.

오랜.
인연.

어젠 오성호 회장님 내외와 저녁을 함께했다. 아내는 감기 때문에 못 나오고 아들 녀석만 나왔다. 회장님 내외가 아내는 며느리처럼, 아들은 친손주처럼 예뻐해 주신다. 회장님과의 인연도 만 23년째. 1992년 가을 처음 뵈었다. 회장님이 점보실업이라는 자그마한 전자회사를 하고 계실 때다. 인터뷰를 한 것이 계기가 된 것. 취재원과 기자 관계로 만났지만 지금까지 인연을 이어오고 있다.

나에게도 부모님과 같은 분이다. 가족끼리 자주 만나고 왕래하는 사이다. 회장님은 아들만 셋. 아들은 그들을 삼촌이라고 부른다. 아들 녀석이 올해 28살. 다섯 살 때부터 할아버지, 할머니 하면서 따라다녔다. 회장님은 녀석이 초등학교, 중학교, 고등학교, 대학교에 들어갈 때마다 교복이나 가방을 사주시는 등 사랑을 베푸셨다. 우리 가족 모두 고마운 마음을 잊지 않고 있다.

지금도 밥값은 늘 회장님이 내신다. 월급쟁이가 무슨 여유가 있느냐는 얘기. 그래서 더더욱 미안하고 죄송스럽다. 아들이 직장을 다녀 제 용돈은 번다. 회장님 내외께 드릴 작은 선물도 준비해 갖고 나왔다. 회장님은 그런 녀석을 기특해 하셨다. '커피 왕'이 꿈인 녀석을 격려해 주시기도 했다. 회장님은 딸이 없어 아내를 특히 예뻐하신다. 마치 친딸 같다고 하신다. 녀석이 이젠 제법 덕담도 할 줄 안다.

"할아버지, 할머니 오래 사셔야 돼요. 제가 가게를 열면 두 분을 꼭 VIP로 모시겠습니다. 그리고 음료도 무한대로 드릴게요."
두 분은 녀석을 흐뭇하게 바라보시며 웃으신다. 회장님은 다 큰 녀석에게 용돈을 또 주셨다. 이 은혜를 어찌 갚아야 할까.

Chapter 4

오풍연의
'생각'

메르스。
단상。

오늘 새벽은 평소보다 선선하다. 어제 오후 퇴근 무렵에도 덥지 않았다. 무엇보다 메르스가 걱정이다. 신문이나 방송도 메르스 보도로 도배질하다시피 하고 있다. 어제도 관련 사설을 썼다. 거의 하루도 빠지지 않고 사설을 쓰고 있다. 내가 매일 쓴다는 얘기는 아니다. 논설위원들이 돌아가면서 쓴다.

누구를 탓할 수도 없을 만큼 상황이 커졌다. 자고 일어나면 숫자가 불어난다. 국민들은 얼마나 불안하겠는가. 우리 집도 예외는 아니다. 식구별로 마스크도 사왔다. 나보고도 출퇴근할 때 마스크를 쓰란다. 더 이상 확산되지 않기만을 바랄 뿐이다. 정부를 원망하는 사람들이 많다. 1차적인 책임은 정부에 있다. 시민의 건강과 안전을 책임지지 못했으니 말이다. 그에 따른 책임도 져야 한다.

무능보다 무서운 것은 포기다. 희망을 가져야 한다. 결론적으로 말해 메르스는 퇴치할 수 있는 질병이다. 다 함께 이겨내자. 주말 잘 보내시고.

나는。
정직한가。

파이낸셜뉴스 수습기자들을 대상으로 2차 교육을 한다. 선배들이 후배들에게 테크닉을 전수하고 경험담을 들려주는 것. 교육이 얼마나 도움이 될지는 모르겠다. 사실 어떤 교육이든지 팁은 따로 없다. 자기 하기 나름이라고 할 수 있다. 기자에게 가장 중요한 덕목은 뭘까. 내 경험으론 정직이라고 생각한다.

누구든지 말은 쉽게 내뱉을 수 있지만 실천하기란 어렵다. 정직은 정의와도 통한다. 다시 말해 불의를 배격하는 것. 신문은 사회의 나침반이 되어야 한다. 바른 길을 인도해야 한다는 것. 그러려면 기자 자신부터 정직해야 한다. 기자생활을 하다 보면 온갖 유혹에 노출될 수 있다. 더러 잘못된 길로 들어서는 사람도 본다. 정직하지 못해서다.

정직은 거짓말을 하지 않는 데서 비롯된다. 스스로 부끄럼이 없어야 한다는 얘기다. 말은 구구절절이 옳을 터. 내 좌우명의 첫 번째도 정직이다. 매일 다짐하건만 쉽지 않다. 그래서 나에게 묻곤 한다. "나는 옳은 길을 가고 있는가." 오늘 새벽도 이 같은 명제를 되새기며 시작한다.

글쓰기에。
왕도는 없다。

나는 글을 잘 쓴다고 한 번도 생각해본 적이 없다. 만 30년째 기자생활을 하면서 글쓰기를 하고 있지만 100% 만족 못한다. 다만 진실을 담으려고 노력한다. 그 첫 번째는 창작이다. 아무리 짧은 글이라도 자기 혼을 담아야 한다. 우리 집엔 책이 없다. 그동안 읽은 책을 모조리 치웠기 때문이다. 몇 해 전 고물상 할머니를 오시라고 해 모두 드렸다.

오로지 창작을 하기 위해서다. 집엔 내 책과 국어사전만 덜렁 한 개 있다. 따라서 표절은 생각할 수 없다. 시도조차 사전 봉쇄한 까닭이다. 잘 쓰든 못쓰든 자기 글을 써야 발전이 있다. 남의 글을 자주 인용하거나 따라 하기를 하면 독창성과 거리가 멀어진다. 사실 요즘은 책도 덜 본다. 물론 꼭 필요한 책은 읽는다. 기본적인 소양은 책을 통해 쌓을 수밖에 없다. 그렇지 않으면 직접 경험을 해야 하는데 그건 한계가 있다. 책은 간접 경험의 매개체이기도 하다.

글은 매일 쓰는 습관을 기르는 것이 좋다. 나는 비록 짧은 글이지만 하루도 빠지지 않고 글을 쓴다. 그래서 지금까지 9권의 에세이집을 낼 수 있었다. 10권째 원고도 완성됐다. 출판 시기는 미정이다. 지금이라도 원고를 달라고 하는 출판사가 있으면 그냥 줄 생각이다. 책을 내는 데 더 의미를 부여해서다. 글쓰기에 대한 나의 단상이다.

나에게。
불가능은 없다。

이번 주 일요일이 어머니 제사다. 7번째 기일. 2008년 12월 14일에 돌아가셨다. 내가 서울신문 법조대기자로 있을 때다. 내가 우리나라 법조대기자 1호다. 그 뒤에도 법조대기자라는 타이틀을 못 보았다. 대단한 영광이 아닐 수 없다. 그런데 법조대기자를 5개월 정도밖에 하지 못했다. 회사 CEO가 바뀌면서 펜을 빼앗겼기 때문이다.

기자가 펜을 놓는다는 것은 무장해제된 것과 같다. 나에게도 충격이 아닐 수 없었다. 하지만 그대로 주저앉을 내가 아니었다. 이가 없으면 잇몸으로 하라고 했다. 나의 글쓰기는 계속됐다. 비록 신문에 내 글을 쓸 수 없었지만 하루도 빠짐없이 카페에 글을 올렸다. '자랑스런 공군가족' 카페다. 2009년 4월 6일 아들을 공군에 보낸 후 알게 된 카페다. 같은 처지의 부모들이 성원을 보내주었다.

그 결과는 나의 첫 번째 에세이집 『남자의 속마음』으로 나온
다. 그해 9월 15일 출간됐다. 카페에 올린 글을 다듬어 '21세
기북스'에 보냈더니 "책을 진행하자"는 연락이 바로 왔다. 작
가로 등단한 셈이다. 어찌 보면 아들 녀석이 은인이다. 그 뒤
로 9번째 에세이집까지 냈으니 말이다. 그렇다. 상황을 탓하면
안 된다.

또 다른 길은 분명 있다. 그럼에도 실의에 빠지거나 포기하
는 사람들이 많다. 자기 자신과의 싸움에서 이겨야 한다. 나름
대로 내린 결론이 있다. "불가능은 없다." 무엇보다 "할 수 있
다."는 자신감이 필요하다. 내 인생의 나침반이기도 하다.

아쉬움,。
그러나。

어제 개각을 했다. 장관 5명이 바뀌었다. 언론의 평가는 그다지 호의적이지 않다. 박근혜 정부 개각이 이 같은 범주를 벗어나지 못했다. 인사가 만사라고 했는데. 장관 하마평에 오르내렸던 고등학교 친구가 빠져 아쉽기도 하다. 그래서 그 친구와 메시지를 주고받으며 아쉬움을 달랬다. 굉장히 유능한 친구라서 또 다른 역할이 주어질 것으로 본다.

인사는 늘 아쉬움이 남기 마련이다. 나도 서울신문에 있을 땐 그랬다. 인사에 초연한다고 했지만, 사람이거늘 무심할 순 없다. 지금 신문사로 와선 그런 걱정을 하지 않는다. 비정규직으로 있기 때문이다. 그런데 훨씬 자유롭다. 되레 고맙다고 할까. 글만 쓰면 된다. 조직에 있으면 인사에 신경 쓰지 않을 수 없다. 그것을 위해 별짓 다 하는 사람도 본다. 탓하기도 그렇다.

나는 지금까지 한 번도 인사를 부탁하거나, 이른바 로비를 한 적이 없다. 서울신문 사장에 두 번 도전했다가 실패한 이유인지도 모른다. 앞으로도 그럴 터. 그럼 영영 사장 도전의 꿈은 멀어질 게다. 그것 또한 개의치 않는다. 대신 거짓 없는 나를 만들기 위해 담금질할 생각이다. 정직을 최고의 모토로 삼고 있는 까닭이다.

병신년에는。

병신년도 10여 일 남았다. 올해는 청양의 해라고 해 떠들썩
했었다. 내년은 잔나비, 바로 원숭이의 해다. 내년엔 어떤 일이
있을까. 꼭 무엇을 해야 되겠다는 생각은 없다. 지금과 크게 다
르지 않을 터. 사설 및 칼럼 쓰고, 강의하고, 외부 특강하고. 한
두 가지는 더 할 것 같은 느낌도 든다. 나의 예감은 거의 맞아
왔다. 직감이라고 할까.

그것이 무엇이 될지는 모른다. 어떤 제안이 들어와도 받아들
이기 때문이다. 나에게 노는 없다. 어찌됐든 예스다. 사람이 못
할 일은 없다. 인간이기 때문에 할 수 있는 일이 많다. 내가 사
물을 대하는 방식이다. 물론 노도 해야 한다. 일생에 한두 번
노를 하는 것이 좋다. 자주 노를 하면 부정적인 사람이 된다.
내가 제일 경계하는 타입이기도 하다.

초긍정주의자. 아내에게서 자주 듣는 말이다. 부정보다는 긍
정이 낫지 않겠는가. 명심하자.

그저.
오늘만 같아라.

　나는 따로 목표나 계획을 세우지 않는다. 그냥 하루하루 열심히 살 뿐이다. 따라서 내일을, 미래를 걱정하지 않는다. 오늘 최선을 다하면 내일이 온다는 믿음 때문이다. 그런 만큼 오늘 할 일을 내일로 미루진 않는다. 어찌 보면 아주 재미없는 사람이다. 달리 바람도 없다. 그저 건강하면 된다고 생각한다.

　어차피 밥 세 끼 먹는 것은 똑같다. 아등바등 댈 필요가 없다는 얘기다. 그런데 자리, 돈, 권력에 대한 욕심을 버리지 못한다. 한 가지를 가지면 다른 또 한 가지를 갖고 싶어 한다. 사람의 욕심은 한도 끝도 없어서다. 세 살 아래 막내 여동생과 점심을 했다.

　"오빠, 요즘 가장 편하게 사는 것 같아." 어릴 때부터 쭉 나를 봐온 동생이다. 그 동생의 눈에도 내가 편해 보였던 것. 실제로 아니라고 않겠다. 모든 이웃과 환경이 고맙다. 최소한의 사람 도리는 하고 지낼 수 있다. 그럼 더 이상 무엇을 바라겠는가. 인생은 살맛 난다.

어디 。
일할 데 없소 。

　고등학교 동기가 국가기술자격증 사진을 단체 카톡방에 올렸다. 자동차정비기능사 자격증을 딴 것. 최고 명문인 S대 경영학과를 나와 대기업 임원으로 있던 친구다. 얼마 전 만났을 때 학과시험에 합격했다는 얘기를 들었다. 실기시험도 통과했다는 얘기. 우리 나이 56세. 사실 한창 일할 수도 있는 나이이다.

　그런데 기업에서는 나가라고 한다. 베이비부머 세대가 공통으로 안고 있는 고민이다. 금융권으로 간 친구들은 대부분 명퇴했다. 임원이 안 되면 더 있을 수도 없다. 대기업 임원 역시 바늘방석. 실적이 없으면 하루아침에 목이 날아간다. 내가 지금 몸담고 있는 신문사에 고마워하는 이유이기도 하다.

　2012년 서울신문 사장에 도전했다가 실패한 뒤 7개월째 백수로 지내던 나에게 일자리를 주었다. 그런 만큼 누구든지 회사를 그만둘 때까지는 최선을 다해야 한다. 그것이 자기를 고용해준 회사에 대한 최소한의 예의다. 그럼에도 고마워할 줄 모르는 이들이 적지 않다. 이는 하나만 알고 둘을 모르는 이치와 같다. 친구의 기능사 자격증 소식은 매우 신선했다.

사람마다。
개성이 있다。

내가 페이스북에 올린 글을 블로그, 카페, 밴드, 카톡 등에도 공유한다. 새벽에 눈을 뜨자마자 맨 처음 쓰는 글이다. 대충 시간은 새벽 1~2시. 사실 글이라고 할 것도 없다. 내 주변의 신변잡기라고 할까. 그래도 나는 의미를 부여한다. 살아 있음의 흔적이니까. 그런데 내 글에 못마땅해 하는 분들도 있다. 당연한 일이다. 사람마다 생각이, 관점이 다르기 때문이다.

다소 거친 표현으로 불편함을 노출하기도 한다. 그런 분들도 무슨 사연이 있을 것으로 본다. 따라서 서운한 생각은 없다. 다 이해하면 된다. 오히려 격려해 주거나 관심을 보여주는 분들이 고맙다. 세상엔 아름다운 마음씨를 가진 사람들이 많다. 항상 "고맙다" "감사하다"는 말을 입에 달고 살아야 한다. 그럼 세상도 아름답게 보인다. 내가 살아가는 방식이기도 하다.

오늘 저녁은 대전고 58회 동기 망년회가 있다. 오랜만에 친구들을 볼 수 있을 것 같다. 연말이라서 이런저런 모임들이 많다. 페친께서도 즐거운 연말 맞이하시라. 단 건강도 챙기면서.

카톡 해.

    오늘도 하루 먼저 하루를 시작한다. 11시 30분쯤 기상. 더러 자정 전에 일어나기도 한다. 그런 날은 정말 하루가 길다. 그럼 어쩌랴. 그냥 즐기면 된다. 카톡만큼 편리한 것도 없는 듯하다. 전화 대신 카톡으로 소식을 주고받는다. 친구 사이는 물론, 가족끼리도 그렇다. "카톡 해" 대신 "전화해"라는 말은 사라져 가고 있다. 1대 1 대화는 물론 단체방도 만들어 사용하면 정말 편리하다. 그런데 부작용도 있다. 편이 갈리는 경우다. 아이들만 그런 것이 아니라 어른들도 그렇다. 이것은 분명 카톡의 폐해다. 따라서 카톡도 예의를 지켜야 한다. 상대방을 존중해야 함은 물론이다. 일종의 에티켓이라고 할 수 있다. 페이스북도 마찬가지. 예전과 크게 달라진 세상이다.

도전하는 삶,。
실천하는 삶。

　'끝장을 보자' 내 강의를 한마디로 요약한 것이다. 한 학기 내내 여러 가지 얘기를 하지만 결국은 이 말 하나다. 치열하게 살아야 된다는 뜻이다. 그러나 학생들이 얼마나 이해할까. 100명 중 5명도 안 되는 것 같다. 누구나 할 수 있는 얘기지만 실천이 어려워 그럴 수도 있다. 요즘 내가 부쩍 실천을 강조한다. 그만큼 중요하기 때문이다.

　이론적으론 대동소이하다. 하지만 실천에 들어가면 달라진다. 실천하는 사람만이 성공에 근접할 수 있다. 그 앞 단계가 도전이다. 도전과 실천이 따로 놀면 안 된다. 도전하는 삶. 실천하는 삶. 멋지지 않은가. 오늘 저녁은 안양대에서 특강을 한다. '도전하라! 거기에 길이 있다' 날씨가 춥다고 한다. 옷을 따뜻하게 입고 출근하자.

기부도。
실천하자。

어제 가장 훈훈한 소식은 마크 주커버그의 전 재산 사회 기부였다. 99%면 전 재산이나 다름없다. 페이스북을 사랑하는 입장에서 매우 흐뭇했다. 과연 그럴 수 있을까 하는 생각이 들었다. 주커버그는 이제 31살이다. 갓 태어난 딸에게 최고의 선물이 아닐까. 우리나라와 나의 현주소를 되돌아본다.

한국에도 부자는 많다. 하지만 존경받는 기업인은 손에 꼽을 정도다. 10대 기업이 모두 2,3세 경영인이란다. 가업 승계를 했다는 얘기. 삼성도, 현대도 마지못해 재단을 만들었다. 자의보다는 타의가 강했다. 주커버그를 보면서 무슨 생각을 하고 있을까. 그럼 나는 어떤가.

돈이 많다면 기부할 것이라고 쉽게 얘기할지도 모른다. 솔직히 지금은 그럴 만한 여유가 없어 아쉽다. 지난해 말부터 겨우 인도 어린이 1명을 후원하고 있다. 4,444번째 페친과의 인연 때문이다. 님께 감사를 드린다. 기부는 남이 하는 것이 아니라 내가 해야 한다. 나부터 실천해야 한다는 얘기다.

자기 분수에 맞게 하면 될 터. 꼭 많지 않아도 된다. 티끌 모아 태산이라고 했다. 기부도 실천하자.

정신 나간。
그들。

　일을 함에 있어 정도를 걷는 것이 쉽진 않다. 지나치면 미치지 못한 것과 같다고 했다. 유식한 말로 과유불급이라고 한다. 매사가 그렇다. 욕심을 내면 화를 불러오기 십상이다. 요즘 야당을 보면 더욱 그렇다. 오늘은 '오풍연 칼럼'을 쓴다. 페이스북에 정치 얘기는 거의 않고 있다. 지나치지 않으려는 뜻에서다. 페친들 역시 마뜩잖을 터.

　그래도 칼럼을 써야 하니 썩 내키진 않는다. 지금 야당은 망해가는 집안 꼴 형국이다. 바람 잘 날 없이 허구한 날 싸운다. 문재인도, 안철수도 밉다. 둘 다 나을 것이 없다. 욕심 때문이다. 한 의원은 사무실에 카드단말기를 갖다 놓고 시집을 팔았단다. 정신이 나간 짓이다. 갑질 중의 갑질이랄까. 이런 당에서 혁신을 얘기한다는 게 어불성설이다. 오늘 칼럼을 기대해 달라.

나에게 。
오늘이란 。

다시 오늘이다. 내가 가장 좋아하는 날이다. 내일을 생각하지 않는다고 말한 적이 있다. 오늘 최선을 다하면 내일이 있기 때문이다. 따라서 나는 거창한 목표도, 계획도 없다. 매일 매일 열심히 산다. 꼭 무엇을 해야 되겠다는 생각도 없다. 하루하루 살아있음에 행복할 뿐이다. 더 무엇을 바란다면 욕심이다.

새벽에 일어나 사과 한 개, 커피 한 잔이면 족하다. 그 다음은 지금처럼 페북에 올리는 글을 쓴다. 그리고 사설, 칼럼 등 뉴스 검색. 새벽 운동을 나가기 전까지 나의 일과다. 회사까지 교통수단은 지하철. 세 정거장 거리에 있다. 25분가량 걸린다. 보통 점심 약속은 2주 단위로 잡는다. 약속 없는 날이 거의 없을 정도. 저녁 대신 점심을 해서 그렇다. 지인들로부터 이런저런 얘기를 듣는다. 내 글의 주요 소재이기도 하다.

나는 삶 자체를 하나의 문학으로 본다. 삶만큼 재미있는 것도 없는 까닭이다. 하루에 1개 정도 사설이나 칼럼을 쓴다. 더러 안 쓰는 날도 있다. 그러다 보면 오후 퇴근시간. 저녁 7시까진 집에 도착한다. 일찍 자므로 8시 종합뉴스를 듣는다. 주말 8시 드라마는 거의 챙겨보는 편. 나의 하루, 일주일이라고 할 수 있다. 이번 주도 이렇게 시작한다. 좋은 한 주 되시라.

작심삼일은。
안 돼。

　술을 완전히 끊은 나를 보고 대단하다고 하는 사람들이 많다. 그렇지 않다는 게 내 대답이다. 누구나 가능하기 때문이다. 자기와의 약속, 곧 결심을 지키면 된다. 남과의 약속은 잘 지키려고 해도, 자기와의 약속은 쉽게 깬다. 그래서 작심삼일에 그칠 때가 많다. 나에게 좀 다른 점이 있다면 실천을 한다고 할까.

　나도 사람이기 때문에 100% 실천할 수는 없다. 하지만 90% 가량 실천한다고 생각한다. 실천이 따르지 않는 약속은 의미가 없다. 그럼 언행이 신중하게 된다. 책임질 수 없는 말과 행동은 가급적 하지 않는다. 술을 끊은 것만 해도 그렇다. 내가 술을 다시 입에 댈 것으로 생각했을 터. 그동안 정말 자주, 많이 마셔온 까닭이다.

하루아침에 딱 끊었으니 믿기 어려웠을 수도 있다. 그러나 지난 2월 통풍으로 입원했다가 퇴원하면서 결심을 했다. "술을 안 마시고 아프지 않겠다." 내 스스로 내린 처방이자 결심이었다. 통풍의 원인을 술에서 찾았던 것. 이 같은 결심은 앞으로도 변할 리 없다. 술을 끊기 전까지 마신 술도 남보다 결코 적지 않다.

사람마다 술의 정량도 정해져 있는지 모르겠다. 어제도 김장을 한 뒤 족발을 사다 먹었다. 예전 같으면 당연히 소주와 먹었을 메뉴다. 그런데 술 없이도 맛있게 먹었다. 술 끊는 데는 성공한 셈이다. 실천도 생활화하자.

행복의。
조건。

　어떤 사람이 가장 행복할까. 사람마다 그 기준이 다를 것이다. 누구는 돈을, 또 건강을 얘기할지도 모른다. 재미있는 연구 결과가 나왔다. 적당한 수입과 인간관계가 행복의 조건이란다. 곰곰이 생각해 보니 그렇다. 수입도 천차만별일 터. 한 달 기준으로 수천만 원이 필요한 사람도 있고, 수백만 원, 수십만 원이면 족한 사람도 있을 게다. 돈은 쓰기 나름이기 때문이다.

　나도 용돈을 적게 쓰는 편이 아니다. 한 달에 평균 100만 ~150만 원가량 쓴다. 주로 차 마시고 식사비로 사용한다. 넉넉하지 않지만, 그렇다고 부족하지도 않다. 나에게 적당한 규모로 볼 수 있다. 앞으로도 더 바라지 않는다. 이 정도 규모로 살 생각이다. 돈보다 중요한 것은 인간관계다. 돈이 많다고 좋은 인간관계를 유지할 수 있는 것은 아니다.

인간관계의 으뜸은 진정성이라고 생각한다. 그것이 있어야만 오래 지속할 수 있다. 하지만 쉽지 않은 것도 사실이다. 사람은 죽을 때까지 수없이 많은 사람들을 만난다. 그러나 끝까지 옆에 있는 사람은 가족뿐이다. 가족을 소중하게 여겨야 할 이유이기도 하다. 가족 간에도 인간관계는 중요하다. 존경과 헌신을 밑바탕에 깔고 있어야 한다. 그럼 나는 행복한 사람일까. 스스론 느낀다. 행복도 실천에 있음은 물론이다.

바보처럼.
살렵니다。

　다들 자리에 목숨을 걸다시피 한다. 거의 예외 없이 그렇다. 사실 직장인이라면 승진하는 재미로 산다고 해도 과언이 아니다. 인사에 바짝 신경을 쓰는 이유다. 보통 2년 단위로 인사를 한다. 부서를 옮기기도 하고, 승진을 하기도 한다. 그때마다 희비가 교차한다.

　인사엔 부침이 있기 마련이다. 잘나갈 때도 있고, 이른바 물 먹을 때도 있다. 항상 나만 잘나가야 한다는 생각을 버려야 한다. 그것은 욕심이다. 나도 2012년 2월 서울신문 국장을 끝으로 사표를 낼 때까지는 그런 조직과 분위기에 있었다. 인사에 초연했다면 거짓말. 서울신문을 떠난 이후론 자유인이 됐다. 자리 욕심을 내려고 해도 낼 수 없다. 지금은 정규직이 아니기 때문이다. 하지만 예전보다 훨씬 편하다. 내 인생에서 가장 행복한 시기를 보내고 있다고 할까. 무거운 짐을 내려놓은 듯한 기분이다.

자리가 올라갈수록 불안은 커진다. 언제 내려올지 몰라 걱정하고, 더 올라가고 싶기 때문이다. 인간의 욕심은 한도 끝도 없다. 그것을 비우기란 쉽지 않다. 말로는 마음을 비웠다고 한다. 그러나 진정성은 찾기 어렵다. 그럼 나는 어떤가. 바보처럼 살고 있다. 욕심이, 목표가 없는 사람처럼 비친다. 그것이 바로 지금의 나다.

출연료。
얼마나 받으셨어요。

이 세상에 돈 싫어하는 사람이 있을까. 나도 예외는 아니다. 다만 덜 탐한다고 하면 옳을 것이다. 인간의 욕망은 끝이 없어서 그렇다. 상대방의 돈벌이를 궁금해하는 사람들이 많다. 최근 대구KBS 아침마당에 출연한 적이 있다. "출연료 얼마나 받았어요?" 여러 사람에게서 똑같은 질문을 받았다. 결론은 아직 모른다. 얼마든 줄 모양이다.

방송국에 갔더니 주소와 주민등록번호, 은행 계좌번호를 적어내라고 했다. 거기에 금액은 나와 있지 않았다. 입금돼야 얼마인지 알 수 있을 터. 지금까지 방송에 세 번 나갔지만 출연료를 생각해본 적은 없다. 주면 받고, 안 줘도 그만이다. 맨 처음 방송 출연은 국군의 방송 라디오. 2010년 천안함 사태 이후 10여 분간 생방송으로 전화인터뷰를 가졌다. 당시 몇 만 원인가 받았던 기억이 난다.

두 번째 방송 출연은 2011년 한국경제TV 스타북스. 세 번째 에세이집인 『여자의 속마음』 저자로 나갔다. 그런데 1시간 출연하고도 돈을 받지 않았다. 그냥 두라고 했더니 주지 않았다. 인세도 마찬가지. 그동안 8권의 에세이집을 냈지만 특별히 인세로 받은 것은 얼마 안 된다. 출판사에서 챙겨주면 받고, 안 줘도 이상할 게 없다. 돈을 생각하면 순수성이 사라진다. 나의 지향점은 순수 그 자체. 세끼 밥 먹고 건강하면 되지 않겠는가. 오늘 새벽 따라 기분이 좋다.

그놈의 。
돈이 뭐기에 。

돈 잃고 친구 잃는다는 속담이 있다. 딱 들어맞는 말이다. 초
등학교 친구와 점심을 했다. 시골서 일찍 올라와 자리를 잡았
다. 경제적으로 여유가 있는 편이다. 그래서 친구들 뒷수발을
많이 든다. 때론 돈을 빌려주기도 한다. 여러 명의 청을 들어주
다 보니 돈을 못 받을 때가 많다. 나중에는 돈을 빌려준 사람보
다 빌려간 사람이 큰소리친다.

그래서 친구 사이에 돈 거래를 하지 않는 것이 좋다. 그 친구
에게도 여러 번 말한 적이 있다. 그냥 주면 주었지 거래는 하지
말라고. 하지만 친구는 마음이 약해 청을 거절하지 못하는 성
격이다. 오늘도 고민담을 털어놨다. 나도 비슷한 경험을 갖고
있다. 두 명에게서 한 푼도 받지 못하고 있다. 한 사람은 20년,
또 한 사람은 10년쯤 된다.

이젠 연락도 없다. 먼저 전화하면 돈을 달라고 하는 것 아니
냐고 오해할 터. 그러다 보니 연락이 거의 끊겼다. 이처럼 돈이
사람을 갈라놓는다. 요즘은 돈이 벼슬. 그것 없이 살 수 있는
세상을 그려본다.

뭐든지.
열심히 하세요.

"선생님 그런 것도 할 줄 아세요?" 내가 인스타그램에 올린 사진을 보고 한 지인이 한 말이다. 결론적으로 말해 남이 하는 것은 할 줄 알아야 한다고 생각한다. 으레 나이 먹었다고 안 할 것으로 생각하면 오산이다. SNS에 나이의 갭은 없다. 내가 하고 있는 SNS도 많다. 페이스북을 비롯 트위터, 카카오스토리, 라인, 카페, 블로그, 구글플러스, 밴드, 티스토리, 유튜브 계정을 모두 갖고 있다.

물론 덜 열심히 하는 것도 있다. 사실 모두 다 열심히 하기는 어렵다. 우선순위를 둘 수밖에 없다는 얘기다. 가장 공을 들이는 것은 페이스북. 그 다음은 밴드와 카페 정도라고 할까. 남이 올린 글만 보면 재미가 덜하다. 귀찮은 나머지 댓글 정도 다는 경우가 많단다. 나는 하루에 평균 2~4개 정도 글이나 사진을 올린다.

하루라도 거르는 날은 없다. 새벽에 눈을 뜨자마자 글부터 올리기 때문이다. 글 올리는 것 역시 습관이다. 중독될 필요까지는 없지만, 어느 정도 의무감도 있어야 한다고 본다. 물론 그것은 자신과의 약속이다. 내가 SNS를 대하는 자세라고 할 수 있다. 학생들에게도 이처럼 강조한다. "뭐든지 하려면 열심히 하라."

자기 일을 .
천직으로 알자 .

신문사 논설위원은 내부에서 한직 취급을 받는다. 취재 현장을 떠나 사설과 칼럼만 쓰기 때문이다. 논설위원을 선호하는 사람은 많지 않다. 물론 편집국장을 마치고 가는 자리도 논설위원이다. 논설위원은 대부분 부장급 이상. 고참 기자라고 할 수 있다. 매일 글을 쓰는 것도 아니다. 그래서 자기 시간을 가질 수 있다. 따분하지 않으려면 시간을 잘 활용해야 한다. 일에 지장 받지 않는 한 외부 활동도 가능하다.

나는 논설위원을 즐기는 편이다. 파이낸셜뉴스 논설위원이 네 번째. 앞서 서울신문에서는 논설위원을 세 번 했다. 회사에서 사설이나 칼럼을 쓰지 않으면 가욋일을 한다. SNS 활동도 하고, 외부 칼럼도 쓴다. 대신 책은 새벽에 집필한다. 자기 하는 일을 천직으로 알아야 보람도 생긴다.

돈에 대한。
시선。

　돈이 얼마나 있으면 행복할까. 적은 것보단 많을수록 좋을 게다. 나 역시 돈을 싫어하지 않는다. 왜 돈이 생겼는지 원망스런 생각이 들 때도 있다. 그것 때문에 죽고 살기도 한다. 중국의 최고 부자 마윈 알리바바 회장이 재미있는 말을 했다. 월급 1만 6,000원 받을 때가 가장 행복했단다.

　그 이유는 이렇다. 월급을 몇 달 모으면 자전거 한 대를 살 수 있었다고 했다. 말하자면 기대를 가질 수 있었다는 것. 수십조 원을 가지고 있는 지금은 그런 재미가 없을 터. 그럼 얼마면 적당할까. 씀씀이에 따라 사람마다 다를 것이다. 나도 벌이에 비하면 돈을 적게 쓰는 편이 아니다. 연말 정산할 때 카드 씀씀이를 보고 놀라기도 한다. 허튼 돈을 쓰지 않는데도 제법 많이 나온다. 30년 동안 이렇게 살았으니 저축은 거의 생각도 못했다.

　그나마 빚 안 지고 산 게 다행이라고 할까. 돈이 많은데도 못쓰는 사람이 있다. 그들 나름대로 철학은 있을 것으로 본다. 돈을 과시해서도 안 되지만, 너무 인색해서도 안 된다. 아내와 아들도 나와 비슷하다. 버는 것만큼이나 쓰는 것도 중요하다.

성추행 。
유감 。

페이스북에서 정치나 사회적 이슈에 대해 얘기한 적이 거의 없다. 물론 사설이나 칼럼은 쓴다. 한 원로사학자의 여기자 성추행이 핫 이슈다. 그 사학자는 결국 역사교과서 대표필진도 사퇴했다. 사필귀정이라고 할 수 있다. 여기서 성추행을 생각해 본다. 있어서는 안 될 일이다. 하지만 그 경계선이 모호하다. 상대 여성이 성적 수치심을 느꼈다면 바로 성추행이다. 남성의 잣대로 판단해서는 절대로 안 된다.

'술김에'는 이유가 될 수 없다. 나도 후배 여기자들을 여럿 데리고 일한 적이 있다. 그땐 원칙이 있었다. 여기자들은 저녁 식사만 하고 2차 가기 전에 모두 집으로 보냈다. 그래서 불미스런 일은 조금도 일어나지 않았다. 젊은 사람들이다 보니 자리가 길어지면 무슨 일이 생길지 모른다. 성추행은 대부분 술자리에서 일어난다. 남자들은 자연스럽다고 항변하지만 통하지 않는다. 자기합리화가 통하지 않는다는 얘기. 남성들이여 명심하자. 자기 잣대로 행동하지 말지어라.

사람 목소리가。
그리운 세상。

　사람의 목소리도 점점 듣기 어렵게 됐다. 전화 대신 메시지나 카톡을 주고받는다. 오히려 전화를 하면 촌놈 소리를 듣는다. 왜 이렇게 됐을까. 더러 전화를 하면 카톡으로 하자고 끊는 사람도 있다. 당황스러울 정도다. 젊은 사람만 그런 것이 아니다. 나처럼 나이를 먹은 사람들도 그래 간다. 상대방이 문자나 카톡을 하는데 자기만 전화를 하는 것도 쑥스럽다.

　나의 오늘 하루를 돌아본다. 내가 건 전화는 한두 통 있지만 받은 전화는 스팸 전화 외에 없다. 그러다 보니 전화는 거의 쓰지 않는다. 음성 두 시간짜리 요금젠데 모자란 적이 거의 없다. 60분 가까이 남을 때도 있다. 다시 말해 하루에 3분도 통화하지 않는다는 얘기다. 모든 연락도 카톡이나 메시지, 밴드로 알린다.

　그래도 나는 전화를 종종 거는 편이다. 휴대폰 대신 주로 일반 전화를 사용한다. 그래서 음성이 남는지도 모르겠다. 문명의 이기가 편리한 점도 많다. 그러나 인간의 정을 메말라가게 한다. 옛날이 그리운 오늘날이다.

바보 。
찬가 。

한동안 바보 얘기를 안 한 것 같다. 바보를 자처하는 나다. 실제로 바보 같다는 소리를 들으면 기분이 좋다. 마음을 비우고 거의 모든 것을 내려놓았다고 한 적이 있다. 그것을 실천하려면 바보가 되어야 한다. 바보는 잇속을 챙기지 않는다. 그리고 정직하다. 적어도 거짓말을 할 줄 모른다는 얘기.

내가 인생의 모토로 삼고 있는 것도 정직이다. 어제 여의도 공원을 걷다가 다른 언론사에 근무하는 기자를 만났다. 나와 비슷한 또래. 둘의 상황도 엇비슷하다. 50대 후반으로 달리고 있다. 이런 저런 얘기를 주고받으며 공원을 한 바퀴 돌았다. 내가 또 바보 얘기를 했다.

남들이 바보라고 해야 바보가 완성된다고 했다. 남의 눈에 바보처럼 비쳐야 마음을 비운 상태가 입증되는 셈이다. 순진하다는 얘기를 들어도 좋다. 때 묻지 않았다는 것. 험한 세상에 바보로 사는 것도 방법이 아닐까.

SNS가。
대세。

바야흐로 SNS 전성시대다. 요즘 학생들에게 종종 SNS 특강을 한다. 그러나 SNS에 무관심한 학생이 의외로 많다. 젊은 사람들이니까 다 할 줄 알 것으로 생각하면 오산이다. 물론 카톡은 거의 다 한다. 그만큼 우리 생활에 뿌리박고 있다는 얘기. 하지만 페이스북은 20% 가량 사용하고 있는 것 같다.

페이스북은 세계적으로 가장 많이 사용하고 있는 SNS. 사용해본 사람들은 그것의 편리함을 다 안다. 최고의 소통 수단이 아닌가 생각한다. 실명을 쓰기에 악성 댓글도 드물다. 나도 페이스북 마니아. 이미 친구 5,000명에 이르러 더 이상 친구신청을 받을 수 없는 게 아쉽다. 페이스북만 해도 그렇다.

친구의 많고 적음은 그리 중요하지 않다. 자랑거리도 못 된다. 얼마나 정성을 쏟느냐가 중요하다. 자기 계정을 잘 관리해야 한다는 것. 이 눈치, 저 눈치 보면 페이스북을 오래 지속할 수 없다. 정직하고 솔직해야 한다. 내가 페이스북에 임하는 자세이기도 하다.

논설위원은。
천직。

내 담당은 정치와 사회. 그쪽 분야 사설과 칼럼을 주로 쓴다. 사설은 한마디로 딱딱하다. 재미가 있을 리 없다. 그래서 읽는 독자도 한정돼 있다. 페이스북에는 내가 쓴 사설과 칼럼만 올린다. 읽어주는 페친이 있는 게 그나마 다행이다. 먼저 고맙다는 말씀을 드리고 싶다. 그러나 사설을 읽으면 뉴스의 흐름을 놓치지 않고 따라갈 수 있다.

그날의 이슈 가운데 논평할 가치가 있는 것만 골라 사설로 쓴다. 각 신문마다 사설의 주제가 비슷한 이유다. 매일 아침 논설위원들이 모여 그날의 이슈를 토론한다. 그 다음 무엇을 쓸 것인지 아이템을 정한다. 대부분 하루에 3꼭지 사설로 소화한다. 파이낸셜뉴스는 2개를 쓴다. 우리는 경제지이다 보니 경제를 우선한다. 모든 사설은 다 읽는 것이 좋다.

보수, 진보지에 따라 내용은 대동소이하다. 논설위원의 성향도 비슷하기 때문이다. 나는 중도를 지향한다. 더러 신문의 성격에 맞춰 사설을 쓸 때도 있다. 사시社是가 있는 까닭이다. 논설위원만 네 번째. 서울신문에서 세 번, 파이낸셜뉴스에서 한 번 이어가고 있다. 앞으로 얼마나 더 할지 모른다. 이젠 논설위원이 천직이다. 무엇보다 내 글을 쓸 수 있어 좋다. 오늘 새벽은 직업 타령을 해봤다.

책에는。
짠 놈。

내가 책에는 짜다고 말씀드린 바 있다. 책을 그냥 주지 않는다는 것. 이유는 간단하다. 공짜로 주면 읽지 않기 때문이다. 여든이 된 장모님 친구 분들에게도 1,000원 정도 받는다. 그래야 끝까지 읽는다. 어제도 대경대 학생들에게서 그 같은 사실을 확인했다. 이번 학기엔 『오풍연처럼』을 부교재로 쓰고 있다. 필요한 학생만 구입하라고 했다.

물론 10%도 사지 않았다. 책을 산 학생들을 상대로 조사를 해봤다. 10여 명 가운데 끝까지 읽은 학생은 단 1명이었다. 나머지 학생들은 조금 읽다가 만 경우. 그런 학생들에게 책을 공짜로 주면 아예 한 페이지도 읽지 않을 수 있다. 내가 직접 강의를 하는데도 말이다. 작가 입장에서 책을 주었을 때 읽지 않으면 왠지 섭섭하다. 때론 원망스럽기도 하다.

그래서 나름대로 내린 결론이 있다. 그냥 줄 때는 꼭 읽을 사람에게만 주기로 한 것. 더러 책을 읽고 싶어도 사정상 못 사는 사람들이 있다. 교도소에 있는 재소자와 같은 부류다. 사실 회사에 100권 가까이 책을 보관하고 있다. 반드시 볼 것 같은 분들에게는 우편으로 보내드리고 있다. 우리 형제들에게도 안 준다. 내가 주지 않는 이유를 안다. 이런 원칙은 앞으로도 변함이 없다. 책에는 짠 놈.

좀 별난 것.
아닌가요.

나를 좀 별나다고 하는 분들이 많다. 페이스북 등에 올리는 글을 보고 그런다. 우선 잠을 적게 자는 것을 가장 많이 얘기한다. 그리고 초저녁에 잠이 오느냐고 물어본다. "도대체 몇 시에 주무십니까?" 저녁 약속이 있는 날을 제외하곤 9시 넘어 자본 적이 거의 없다. 8시만 넘으면 잠이 서서히 쏟아지기 시작한다. 그래서 SBS 8시 종합뉴스를 본다. 끝까지 보지 못하고 중간쯤 보다가 자는 것.

대신 아침뉴스는 꼭 챙겨 본다. KBS 5시, 6시, 7시 뉴스까지 보고 출근한다. 각 신문의 사설은 새벽에 일어나 챙긴다. 그래서 낮에 여유가 있다. 새벽을 즐긴 결과라고 할까. 제일 중요한 것은 자기와의 약속이다. 남과의 약속은 지키려고 노력한다. 그러나 자기와의 약속은 누가 보지 않기 때문에 스스럼없이 깬다. 작심삼일에 그치는 경우가 많다는 얘기다.

나는 나와 한 약속도 최대한 지킨다. 그 점이 남과 좀 다를지는 모르겠다. 올해 단주선언, 4시간 취침, 새벽 걷기 등이 그렇다. 학생들에게도 자기와의 약속에 충실할 것을 강조한다. 자기와 약속을 지킬 줄 아는 사람은 실수할 확률도 그만큼 적기

때문이다. 실수를 줄이면 뜻을 펴기가 훨씬 쉬워진다. 그것이
세상의 이치다. 그러려면 열심히, 치열하게 살아야 한다. 내가
사는 방식이기도 하다.

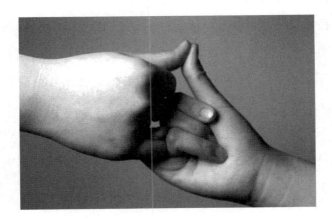

나이를。
잊고 살자。

난 솔직히 미래를 걱정하지 않는다. 그렇다고 벌어놓은 것이 있는 것도 아니다. 당장 내일 죽음이 닥친다 해도 무섭지 않다. 마음을 비운 뒤로 생긴 변화다. 그러다보니 아쉬운 것도, 두려운 것도 없다. 다만 건강은 챙긴다. 죽는 날까지 아프지 않았으면 한다. 행복한 삶의 첫 번째 요소도 건강이다. 아무리 돈이 많은들 몸이 아프면 소용없다. 건강해야 돈도 쓸 수 있는 것.

몸이 성하면 무슨 일인들 못하랴. 70까지는 일을 할 수 있다고 본다. 내 목표도 70까지 현역으로 뛰는 것. 물론 내 마음대로 되진 않는다. 오너가 아니기 때문이다. 그러나 젊은 사람 못지않은 열정과 건강을 유지한다면 가능하지 않겠는가. 나이 먹었다고 뒤로 물러서면 안 된다. 그럼 뒷방 노인네 취급을 받는다. 나이 들수록 자기 관리를 철저히 해야 한다. 이제 나이는 숫자에 불과하다.

어떤 유형의 。
인간이 되렵니까 。

사람은 두 부류가 있다. 긍정적인 사람과 부정적인 사람. 세상은 누구를 더 좋아할까. 말할 것도 없이 긍정적인 사람을 선호할 게다. 그럼에도 부정적인 사람들이 적지 않다. 매사를 삐딱하게 보는 것. 정작 부정적이라는 것을 자기 자신은 모른다. 평생 그런 식으로 살아왔기 때문이다.

반면 긍정적인 사람은 진취적이다. 무엇이든지 해보려고 한다. 내가 추구하는 것은 절대 긍정. 지금껏 살아오면서 노를 해본 적이 거의 없다. 어떠한 제의가 들어오든 "한번 해보자"고 한다. 해보지도 않고 못 한다고 얘기하는 것은 옳지 않다. 사람의 능력은 끝이 없다. 따라서 끝장을 보아야 한다.

하다가 중간에 그만두면 아니 한 만 못 하다. 그러려면 인내심과 끈기가 필요하다. 누가 성공할까. 끝까지 도전하는 사람의 성공 확률이 훨씬 높다. 이번 학기 강의 제목은 '자신감과 도전정신' 내 삶의 좌표이기도 하다. 그것을 위해 오늘도 최선을 다한다.

어떤 게。
잘 사는 걸까。

'어떻게 살아야 하나' 내가 가끔 던지는 질문이자, 강의 제목이기도 하다. 나의 대답은 간결하다. "잘 살아야 한다." 그럼 어떻게 사는 것이 잘 사는 것이냐고 물을 수 있다. 거기에 정답은 있을 수 없다. 사람마다 취향도 다르고, 추구하는 바도 다르기 때문이다. 따라서 자기 기준에 맞춰 살면 된다. 그 기준 또한 다양할 터.

내 삶의 방식은 아주 단순하다. '착하게 살자'이다. 여러 가지 의미를 내포할 수 있다. 정직, 성실, 겸손, 부지런함을 바탕으로 한다. 내가 추구하는 네 가지다. 여기에 실천을 추가하면 완성된다. 나는 누구를 깎아내리거나 나쁘게 말해 본 적이 없다. 상대방의 장점만 봐서 그렇다. 내 눈에 단점 같은 것은 보이지 않는다. 단점 같은 것은 일부러 무시하니까 안 보인다고 할까.

물론 누구든지 단점이 없을 수 없다. 다시 말해 장점을 더 많이 봐야 한다는 얘기다. '착하게 살자'의 첫 번째 단계다. 그 다음은 친절이다. 내가 베푼 만큼 돌아온다. 나는 베풀지 않으면서 다른 것을 기대한다면 모순이다. 세상은 그렇게 헐렁하지 않다. 모든 자기 하기에 달렸다. 최선을 다해야 하는 이유다.

나의。
글쓰기。

독서의 계절에 책을 안 보는 사람들이 문제죠ㅋㅋ 힘내세요!!(뉴욕 교민)

힘내시길 바래요. 귀한 보물을 알아보지 못하는 이들이 많은가 봅니다.

교수님의 책들(새벽을 여는 남자, 천천히 걷는 자의 행복, 오풍연처럼)이

저를 지탱하는 하나의 기둥이 되고 있음에 감사드립니다.(수원 페친)

힘내세요~ 선생님(천안 학생)

페친 및 독자들이 이처럼 격려해준다.

10년 만에 고국을 찾아온 뉴욕 교민께 3권의 책을 드렸다. 『오풍연처럼』을 비롯, 『그곳에는 조금 다르게 행복한 사람들이 있다』『새벽을 여는 남자』등이다. 내가 드릴 수 있는 것은 책밖에 없다. 그랬더니 뉴욕으로 돌아가 내 책을 열심히 홍보하고 계시단다. 고맙지 않을 수 없다. 한 명의 독자라도 있는 한 책을 쓰겠다고 다짐한 바 있다. 적어도 세 분의 독자는 확보한 셈이다.

따라서 나의 글쓰기는 멈출 리 없다. 글을 쓸 때가 가장 좋다. 10권째는 아직 구상하지 않았다. 나의 전체를 담고 싶은 마음이다. 철학과 삶을 아우를 수 있는.

최선을。
다해야 하는 이유。

이 세상에 자기와 똑같은 사람은 없다. 저마다 개성이 있다. 그런 만큼 상대방을 존중해야 한다. 그러나 대부분의 사람들은 내 탓 대신 남 탓을 한다. 인간의 본성이기도 하다. 마지못해 자기의 잘못을 인정한다. 스스로 인정하는 경우는 거의 없다.

나는 어떤가 되돌아본다. 나 역시 크게 다르지 않을 터. 내가 새벽마다 일기 형식으로 반성문을 쓰는 이유이기도 하다. 우선 바로 전날 한 일을 되돌아본다. 행여 남을 서운하게 한 일은 없는지, 특히 내 잘못은 없는지 살펴본다. 그럼 잘못을 최소화할 수 있다. 누구도 100% 완벽할 수는 없다. 다만 노력을 하면 근사치에 접근할 수 있다고 본다. 나도 그러기 위해 노력을 한다.

가장 중요한 것은 실천이다. 말로는 무엇을 못 하겠는가. 학생들을 가르치는 입장이다 보니 더욱 그렇다. 나 스스로도 다짐을 한다. 최선을 다하자.

책을 내고。
싶지만。

"오 선배를 롤모델로 삼고 싶습니다." 광화문 교보에서 우연히 마주친 언론계 후배가 한 말이다. 옛날 법조를 함께 출입했던 친구다. 모 언론사 사회부장을 하고 있었다. 페친이어서 내 근황은 알고 있는 듯했다. "오 선배 책 또 내셨더군요. 책도 한 권 살게요. 은퇴 후 오 선배처럼 책을 쓰는 게 로망입니다"

기자가 글 쓰는 직업인 만큼 그럴 수 있다. 책 출간은 기자뿐만 아니라 모두의 로망이기도 하다. 책을 한 권 내야 사람 구실을 할 수 있다는 우스갯소리도 한다. 하지만 그 기회를 잡는 것이 쉽지 않다. 우선 출판사 측이 원고를 받아주어야 책을 낼 수 있다. 아무 원고나 받지 않는다. 여러 가지를 고려해 원고를 채택한다. 출판사 측 입장에선 책을 팔아야 하기 때문이다. 원고를 받을 때 까다로울 수밖에 없는 이유다.

나는 그 점에서 운도 따랐다. 원고를 한 번도 퇴짜 맞은 적이 없다. 그래서 9권의 에세이집을 낼 수 있었다. 10권째는 언제 쓸지 모른다. 아직 계획이 없다. 물론 글은 매일 쓴다. 『오풍연처럼』의 반응을 봐가며 생각하려고 한다. 오늘 새벽도 여느 날과 다르지 않다. 사과 한 개, 커피 한 잔 마시면서 하루를 시작한다. 굿모닝.

요즘 대세가。
뭔지 아십니까。

요즘 대세는 SNS다. 모두 스마트폰으로 조작이 가능하다. 내 손안의 PC로 모든 게 이루어진다고 해도 과언이 아니다. 정말로 편리하고, 좋은 세상이다. IT가 발달한 데 따른 부산물이라고 할까. 가령 페이스북만 보자. 전 세계 70억 인구 중 15억 명이 페이스북을 사용한다고 한다. 장난삼아 페이스북을 하는 것이 아니다.

무엇보다 편리하고 유용해서 그렇다. 말하자면 쓸모가 있다는 얘기. 강의 때 페이스북 얘기도 많이 한다. 그런데 의외로 페이스북을 하지 않는 학생들이 많다. 내가 직접 시연을 하기도 한다. 그제야 고개를 끄덕이는 학생들도 있다. 나 역시 페이스북을 늦게 시작했다. 그러나 지금은 누구보다 열심히 하고 예찬론자가 되었다.

페이스북을 통해 얻은 것이 많기 때문이기도 하다. '페북 스타'라는 말도 듣는다. 예전에는 소통을 할 때 보도 자료를 돌리거나 기자회견을 했다. 하지만 지금은 페북에 올리기만 해도 그만한 효과를 얻는다. 얼마나 편리한 세상이 됐는가. 페이스북뿐만이 아니라 카카오스토리, 밴드, 트위터, 인스타그램도 있다. 적절히 사용하면 아주 좋다. SNS와 친해져라.

세상을。
곱게 보자。

　페이스북에는 남을 험담하는 얘기나 댓글은 거의 없다. 실명을 쓰기 때문에 그럴 게다. 그래도 눈살을 찌푸리게 하는 사람들이 종종 있다. 반대를 위한 반대랄까. 모든 것이 자기 마음에 들 순 없다. 그렇다고 남을 폄하하고, 비방하는 것은 옳지 않다. 자기가 싫으면 먼저 친구관계를 끊으면 된다. 싫으면서 굳이 친구관계를 유지할 필요가 없는 까닭이다.

　내가 사람을 만나면서 지키는 원칙이 있다. 좋은 사람을 사귀고, 그들을 최고로 안다는 것. 오프라인이든, 온라인이든 다르지 않다. 내가 아는 사람부터 아껴야 하기 때문이다. 그래야 인연이 오래 간다. 물론 세상에는 좋은 사람들이 훨씬 많다. 그래서 더 살맛 난다. 상대방을 믿고 존경하는 것도 중요하다. 고운 눈으로 세상을 보자.

법 좋아하단。
망한다。

　나는 법을 좋아하는 사람들은 좋아하지 않는다. 모든 것을 법으로 해결하려는 사람은 법으로 망한다는 속설이 있다. 사필귀정이라고 할까. 걸핏하면 고소하고, 고발하는 부류가 있다. 상대방을 곤란한 궁지에 몰아넣음으로써 반사 이득을 챙기려는 속셈에서다. 주변에 그런 사람들을 본다. 도리어 법정 구속되는 사례도 보았다.

　법보다 더 중요한 것이 있다. 사람의 도리다. 법 이전에 사람이 있다. 먼저 인간이 돼야 한다는 얘기다. 법원, 검찰과 무려 12년 가까이 인연을 맺었다. 법 좋아하는 사람이 잘 되는 것을 보지 못했다. 법은 멀리하고, 사람을 가까이하자.

오풍연에게。
문학이란。

오늘 근무하면 내일과 모레는 쉰다. 지난주까지 장장 9일간 여름휴가를 썼지만 쉰다니 또 좋다. 쉬는데 싫어할 사람이 있겠는가. 저녁엔 성북동 누브티스에 간다. 이경순 누브티스 대표님, 새빛출판사 전익균 대표님을 함께 만나기로 했다. 두 분은 모두 나의 은인이다. 이들이 아니었더라면 9번째 에세이집 『오풍연처럼』은 나오지 못할 터.

이 대표님은 내 졸고에 유명 디자인을 입혀 주셨다. 옷이 날개라고 한다. 내 글도 덩달아 독자들의 사랑을 받았으면 좋겠다. 내 글에는 모두 사람이 등장한다. 나를 비롯, 지인들이 주요 등장인물이다. 그들이 있었기에 이번 책이 나올 수 있었다. 말 없는 그들에게 거듭 고마움을 전한다. 사람보다 더 좋은 문학의 소재는 없다. 이른바 '오풍연 문학'의 실체다.

내가 쓰는 글은 정통과 거리가 멀다. 격식파괴라고 할 수 있다. 문학을 거창하게 생각하지 않는 이유이기도 하다. 나는 그냥 우리 주변의 얘기를 바로 문학으로 본다. 때문에 누구나 작가가 될 수 있다. 문학이 작가의 전유물일 수는 없다. 모두에게 개방됐다는 얘기다. 오늘도 싱그러운 새벽과 함께한다.

약속。

약속도 정말 중요하다. 그런데 그것을 헌신짝 여기듯 하는 사람들도 적지 않다. 말 따로, 행동 따로인 셈이다. 실천하지 않는 약속은 아무런 의미가 없다. 가장 기본은 시간 약속. 돈도 들지 않는다. 조금 일찍 나오면 맞출 수 있다. 그것조차 지키지 못한다면 어찌 큰일을 할 수 있겠는가. 내가 한 학기가 끝날 무렵 학생들에게 얘기하는 대목이기도 하다.

"다른 것은 몰라도 시간 약속만이라도 꼭 지키세요."약속이 그만큼 중요하다는 얘기다. 약속을 한두 번 어기면 그 다음부터 신뢰를 잃는다. 나도 100% 약속을 지키진 못한다. 그러나 그렇게 하려고 노력을 한다. 그럼 목표치에 거의 도달할 수 있다. 약속을 잘 지키려면 무엇보다 신중해야 한다. 자기가 할 수 없는 약속을 하면 안 된다. 남과의 약속도 중요하지만, 더 중요한 것은 자기 자신과의 약속이다. 결심이라고 할까.

자기와의 약속은 남이 보지도 않는다. 그래서 대충 하려는 경향이 있다. 그런 사람들은 절대로 성공할 수 없다. 끈질기지 않으면 약속을 못 지킨다. 약속을 되돌아보는 새벽이다.

장기기증 。

　기상시간이 점점 빨라지고 있다. 보통 새벽 2시를 전후해 일어났는데 요즘은 1시에 일어난다. 그런데 오늘은 그보다 30분 빠른 12시 30분에 기상했다. 정확히 4시간 자기 때문이다. 다시 말해 그만큼 일찍 잔다는 얘기. 어제도 9시 뉴스를 보지 못하고 잠자리에 들었다. 폭염은 다소 꺾인 듯했다. 전날보다 훨씬 덜 더워 숙면을 취할 수 있었다. 단 하루만이다.

　우리 집 강아지는 코를 드렁드렁 골며 거실에서 잔다. 나와 새벽을 함께하는 놈이다. 타임라인에 내가 쓴 사설과 칼럼만 포스팅한다. 어제 '장기기증, 관심을 갖자'는 칼럼을 공유했다. 많은 페친들이 관심을 보여주었다. 무려 100명 이상이 '좋아요'를 눌러주셨다. 댓글도 여러 분이 달아주었다. 관심을 보여주는 방증이다. 사실 조금만 관심을 가지면 생명 나눔에 기꺼이 동참하려 할 것이다. 몰라서 못 했을 수도 있다. 나 역시 그랬다. 그러나 집안의 동의를 받는 것은 여전히 어렵다. 나도 아직 동의를 구하지 못했다. 시간을 두고 설득하려 한다.

　페친 중 이미 장기기증을 등록한 분도 있었다. 절로 고개가 숙여졌다. 그래도 우리 사회는 희망이 있다. 나눔운동을 실천하는 사람들이 있으니 말이다.

실천이。
관건이다。

　다시 오늘이다. 내가 가장 좋아하는 말이기도 하다. 오늘이 없으면 내일도, 모레도, 미래도 없다. 그래서 항상 최선을 다한다. 오늘 할 일을 내일로 미루는 일은 없다. 내일로 미루면 게을러진다. 다음에 하자는 것도 마찬가지. 쇠뿔도 당긴 김에 뽑으라고 했다. 실천이 중요하다는 얘기. 절대로 말부터 앞서면 안 된다. 말로는 못 하는 것이 없는 사람들이 많다. 허풍쟁이들이다.

　실천은 내 인생 '4대 키워드'의 하나다. 실천, 정직, 도전, 새벽이 그것이다. 무슨 일을 할 때마다 이것들을 생각한다. 그럼 시행착오를 최소화할 수 있다. 실패는 성공의 어머니라고 한다. 실패를 두려워하면 안 된다는 말. 그래도 실패를 하지 않는 편이 낫다. 오늘 최선을 다하면 실패 확률도 줄일 수 있다. 역시 관건은 실천이다.

페이스북。
예의。

　페이스북에서 상처를 받는 사람들도 적지 않은 것 같다. 사람 사는 세상이어서 그렇다. 별 사람이 다 있기 때문이다. 자기와 같은 사람만 있는 게 아니다. 상처를 입고 페이스북을 떠나는 사람들도 더러 본다. 중이 싫으면 절을 떠나라고 했던가. 그럼 어떻게 해야 할까. 최소한 금도를 지켜야 한다.

　소통의 공간인 만큼 상대방에 대한 예의가 있어야 한다는 얘기다. 한 번도 얼굴을 보지 못한 페친이 많을 게다. 그럴수록 더 상대방을 존중해야 한다. 모르는 사람이라고 함부로 대하면 안 된다. '좋아요'를 눌러주고, 댓글을 달고, 공유해 주면 고마울 따름이다. 그렇게 하지 않는다고 서운해할 필요도 없다. 자기만 도리를 다하면 된다. 나는 제대로 하지 않으면서 그것을 기대한다면 그것 또한 잘못이다.

　나 역시 댓글에 일일이 답글을 달아드리지 못하고 있다. '좋아요'를 눌러주는 분들께는 항상 감사한 마음을 갖고 있다. 그럼에도 많은 분들이 관심을 보여준다. 나에게는 페친이 큰 우군이다. 모든 분이 소중하다. 그래서 내가 먼저 친구끊기를 하는 경우는 거의 없다. 오늘도 페친들과 함께 새벽을 연다.

인생 。

    누구나 아픔과 부침이 있다. 평탄했으면 싶지만 그렇지 못하다. 그것이 인생인지도 모른다. 좋은 말로 하면 변화라고 할까. 20살까지는 부모님의 뒷바라지 아래 큰다. 그 뒤부턴 자기가 인생을 개척해야 한다. 남이 내 삶을 대신할 순 없다. 20대의 고민은 사랑과 연애. 실연을 당하기도 한다. 첫 아픔이랄 수 있다.

    나 역시 여자 친구와 헤어진 적이 있다. 지금껏 그 이유를 모르겠다. 아무래도 내가 성에 차지 않았을 터. 그 다음은 결혼. 인생의 가장 큰 일이라고 할 수 있다. 가정은 정말 소중하다. 최고의 가치를 부여해야 한다. 그럼에도 소홀히 하는 사람들을 본다. 직장 생활. 이 역시 중요하다고 하지 않을 수 없다. 삶의 터전이기 때문이다. 그러다 보면 명퇴나 정년을 맞게 된다. 20~30년이 훌쩍 지나가는 것. 100세 시대에 조로한다고 할까.

    이때부터 제2의 인생이 시작된다. 누구나 똑같은 길을 걷는다. 나만 예외일 수는 없다. 지혜로운 삶을 살려면 거기에 대비해야 한다. 이른바 노후준비다. 내가 살아온 길을 거울삼아 지금까지의 인생을 짚어봤다.

난。
순수함이 좋다。

이 세상에 약점 없는 사람은 없다. 모든 사람이 그렇다. 다만 그 약점을 자기만 모른다고 할까. 다 안다면 스트레스를 너무 많이 받을 게다. 알면서도 모르는 체 하는 것이 인간의 심리다. 그럼 어떻게 살아야 할까. 약점을 고치고, 장점을 최대한 살려야 한다. 약점이 있는 반면 장점도 있다.

내 장점은 뭘까. 사람 좋다는 얘기는 더러 듣는다. 새벽에 일찍 일어나는 만큼 부지런하다고 한다. 여기다 나만의 개성을 덧붙여야 한다. 학생들에게도 늘 차별화를 강조한다. 내 자신이 생각하는 차별화는 특별나지도 않다. 순수함을 추구한다. 바보를 자처하는 이유이기도 하다. 따라서 아부와는 거리가 멀다. 때 묻지 않고 살고 싶다.

남을.
100% 믿어라.

나는 사람을 100% 믿는다. 남을 의심해본 적이 없다. 그래서 바보 같다는 소리도 곧잘 듣는다. "요즘 세상에 사람을 그렇게 믿어도 되느냐"고 한마디씩 한다. 나는 "그렇다"고 대답한다. 나에겐 믿음이 있다. 영원히 남을 속일 수는 없다는 것. 한두 번, 서너 번 속일 수는 있을지 몰라도 더는 못 속인다. 그게 사람이다. 내가 남을 믿는 이유이기도 하다.

상대방이 나를 속이고 있구나 하는 생각이 들 때도 있다. 그래도 믿어준다. 그럼 결국 속인 사람이 속은 사람 앞에 무릎을 꿇고 만다. 세상의 이치다. 3년 전쯤 아무런 조건 없이 인감도장을 빌려준 적이 있다. 그것도 이틀이나 빌려주었다. 그랬더니 집에서도 난리가 났다. 솔직히 인감도장을 그냥 빌려주는 사람은 없을 게다. 상대방을 무조건 믿었다. 다행히 큰 탈은 없었다.

흉흉한 세상이라 별 얘기가 나올 법하다. 물론 나쁜 짓을 하는 사람도 있다. 그러나 자신을 100% 믿어주는 사람에겐 배신하기 어렵다. 서로 믿고 사는 세상을 그려본다. 그런 날이 올까.

사람도。
진화한다。

　사람도 진화를 한다. 나도 어디까지 진화를 할 수 있을까. 도
전과도 맥이 닿아 있다. 나도 나 자신을 모른다. 다만 현재에
머물러 있지는 않을 게다. 무언가 새로운 것을 계속 추구한다.
내가 살아있는 이유랄까. 새로움을 추구하다보니 시간은 잘 간
다. 지루하지도 않다. 그렇다고 거창한 것도 아니다. 나에게만
소중할 뿐이다. 목표가 너무 크면 지레 겁을 먹고 이루지 못하
는 경우가 많다. 할 수 있는 일부터 찾는 것이 좋다.

　남이 볼 땐 하찮아 보여도 자기에게 꼭 필요하면 된다. 무엇
보다 포기하면 안 된다. "내가 할 수 있을까"에서 "나는 할 수
있다"로 바뀌어야 한다. 긍정주의자가 되어야 한다는 얘기다.
단언컨대 긍정은 부정을 이길 수 있다. 모두 긍정적인 사람이
되자. 그리고 실천하지 않으면 소용없다. 명심하자.

정직 。

　나는 인생 멘토가 될 수 있을까. 멘토가 되어달라는 얘기를 자주 듣는 편이다. 솔직히 기분은 좋다. 인생 스승이 되어 달라고 하니 나쁠 리 없다. 문제는 내가 그만한 자격이 있느냐는 것. 다른 사람의 눈에 비친 나는 어떤 모습일까. 남을 의식하고 행동하진 않는다. 다만 정직을 최고의 모토로 삼고 있다. 나의 첫 번째 좌우명이기도 하다. 정직하지 않은 나는 생각할 수 없다.

　학생들에게도 한 학기 내내 강조하는 것이 정직이다. 입이 닳도록 얘기한다. 그런 내가 정직하지 않으면 되겠는가. 정직. 말은 쉬워도 실천하긴 어렵다. 거짓말을 하지 않는 것부터 시작해야 한다. 핑계를 대는 것도 일종의 거짓말이다. 거짓말을 하면서도 부끄러워한다거나 죄의식을 느끼지 않는다.

　그것이 쌓이면 정직하지 못한 사람이 된다. 정직한 사람은 배짱도 있다. 배짱이 없으면 둘러대거나 피하려고 든다. 정직은 몸에 배야 비로소 자기 것이 된다. 정직을 실천하고, 생활화하자.

부지런해야。
한다。

　인생의 팁은 있을까. "없다"가 정답이다. 자기 나름대로 열심히 살면 된다. 하루하루 최선을 다하라는 얘기다. 그러기 위해선 오늘 할 일을 내일로 미루지 말아야 한다. 하지만 많은 사람들이 "나중에 하지"라는 말을 입에 달고 산다. 그럼 성공할 수 없다. 다시 말해 부지런해야 한다.

　부지런하면 적어도 밥을 굶을 리 없다. 게으른 결과는 훨씬 심각하다. 새벽형 인간이나 아침형 인간이 되기를 권한다. 하루를 일찍 시작하면 훨씬 여유가 있다. 대전에 잘 아는 페친이 한 분 계시다. 고등학교 교장으로 있는 분이다. 요즘 그분은 '아침형 인간'이 되기 위해 시간표를 다시 짰다고 한다. 내가 조금은 영향을 준 것 같다. 그분의 기상시간은 4시 20분. 스케줄에 따라 하루를 시작하신다. 만족할 만한 성과를 거두고 있는 듯하다.

　그분 말고도 나를 따라 하는 분들이 적지 않다. 그러나 작심삼일이라고, 계속 하는 분들은 찾기 어렵다. 그래서 실천이 중요한 이유다. 무슨 일을 하든 끝장을 보아야 한다. 내가 추구하는 방식이기도 하다. 오늘 하루도 힘차게 출발하자.

좋은 습관,。
나쁜 습관。

　사람의 습관은 참 무섭다. 좋은 습관은 적극 권장할 만하다. 반면 나쁜 습관은 하루 빨리 버려야 한다. 요즘은 새벽 3시에 운동하러 집을 나선다. 안양천 산책로를 1시간 30분 동안 걷고 들어온다. 이 시간에 산책하는 사람은 거의 없다. 8km를 걷는 데 많아야 1~2명 정도 본다. 혼자 걷는 묘미를 느낄 수 있다.

　새벽 5시쯤 나가면 사람이 제법 많다. 해가 길어져서 그렇다. 아침 식사도 일찍 한다. 운동하고 돌아와 4시 40분쯤 먹는다. 베이글 1개에 우유 한 잔이 전부다. 그리고 씻은 뒤 7시 아침 뉴스까지 보고 출근한다. 물론 기상 시간은 2시 이전이다. 이처럼 틀에 박힌 생활을 하다 보니까 습관처럼 굳어졌다.

　지난 2월부터 술도 완전히 끊어 늦게 일어날 일이 없다. 10여 년째 이 같은 생활을 하고 있다. 앞으로도 변함이 없을 터. 나의 건강 비결이라고도 할 수 있다. 새벽형 인간이 되어 보시라.

노후。
생활。

　노후엔 한 달 평균 얼마쯤 있으면 살 수 있을까. 모두 궁금할 것이다. 한 조사에 따르면 최소 노후생활비는 부부 기준 159만 9천 100원, 개인 기준 98만 8천 700원으로 나타났다. 적정 노후생활비는 부부 기준 224만 9천 600원, 개인 기준 142만 1천 900원이란다. 부부가 함께 살려면 225만 원은 있어야 한다는 얘기.

　내가 60까지 국민연금을 붓고 62세부터 받는 국민연금은 150만 원이 채 못 된다. 80만 원 정도 부족한 셈이다. 나머지는 일을 하든, 임대소득이든, 금융소득이든 충당해야 한다. 그러나 임대소득도, 금융소득도 기대할 수 없다. 내가 생활비를 벌 수밖에 없는 처지다. 몇 번 얘기했지만 70까지는 현역으로 뛰고 싶다. 그럼 걱정도 덜 수 있을 터. 물론 내가 바란다고 가능한 일은 아니다. 내가 오너가 아니기 때문이다.

　그래서 나 혼자서도 할 수 있는 일들을 생각해 본다. 말하자면 1인기업이랄까. 찾다 보면 아주 없지도 않을 게다. 도전정신이 필요한 이유다.

바보.
오풍연.

앞으로 몇 살까지 살 수 있을까. 누구나 이 같은 생각을 해볼게다. 오래 살고 싶지 않은 사람은 없을 터. 물론 오래 사는 것도 중요하다. 그러나 얼마나 값지게 사느냐가 중요하지 않을까 생각한다. 값진 기준도 모호하다. 사람마다 다르기 때문이다. 나는 자기 철학이 있어야 한다고 본다. 세끼 밥 먹고, 자는 것은 똑같다. 나만의 철학은 곧 자기 스타일이다. 거창하게 생각할 것도 없다. 내가 사는 방식이 바로 철학이다.

요즘 나는 가장 편하게 지내고 있다. 이전에도 쫓기면서 살지는 않았지만 지금만큼 편한 적은 없었다. 거의 모든 것을 내려놓아서 그럴까. 백지 상태라고 할 만큼 마음을 비웠다. 그 순간부터 마음이 편해진다. 남들이 나를 바보라고 하는 이유다. 나는 그 바보 소리가 듣기 좋다. 속이 없다고 해도 괜찮다. 그래도 바보는 순수하다. 순수는 내가 지향하는 바다. 오늘 새벽도 '바보 오풍연'을 다짐한다.

나쁜.
사람들.

　자신의 출세를 위해 남을 짓밟는 사람들이 있다. 아주 나쁜 유형이다. 이런 부류의 사람들이 의외로 많다. 그런 사람들은 특징이 있다. 자기 자신의 허물을 보지 못한다는 것. 오히려 못된 버릇을 당연시한다. 내 눈에는 불쌍하게 비친다. 함께 직장생활을 하다 보면 흔히 볼 수 있다.

　동료끼리 갑질을 한다고 할까. 타인의 입장에서 자기의 행위를 판단해보면 답이 나오는데 그것을 못 본다. 아니 안 본다고 하는 것이 맞을 게다. 나는 남한테서 나쁜 소리를 듣기 싫어한다. 그런 만큼 나도 남에게 싫은 소리를 하지 않는다. 내가 듣기 싫으면 남도 마찬가지다. 지금까지는 다른 사람에게 한 번도 화를 내본 적이 없다. 대신 아닌 것은 분명히 '노'를 한다.

　아닌 것을 알면서 가만히 있는 것은 비겁한 행위다. 할 소리는 하라는 얘기다. 그러려면 자신부터 정직해야 한다. 내가 정직을 좌우명으로 삼는 이유이기도 하다. 정직해야만 바른 소리를 할 수 있다. 바르게 살자.

행복지수。

지금 나는 내 생활에 만족하고 있는가. 행복의 잣대가 될 수 있는 기준이다. 누군들 자기 자신의 삶에 100% 만족할 수는 없을 터. 나 역시 다르지 않다. 다만 다른 사람보다 행복지수는 조금 높다고 할까. 무엇보다 평정심을 유지하려고 노력한다. 그러기 위해선 마음을 비워야 한다. 다시 말해 욕심이 없어야 한다는 얘기다.

말이 그렇지 욕심을 내려놓는다는 것이 쉽진 않다. 속세를 떠나지 않는 한 어쩔 수 없이 그것과 부딪친다. 남에게 손을 벌리지 않으면 된다. 이번 서울신문 사장 공모 1차 관문을 통과하지 못한 것도 같은 맥락. 누구의 도움도 받지 않고 도전했으니 결과는 예상됐던 일. 그럼 애당초 될 마음은 있었느냐고 물을 게다. 솔직히 없었다.

나 스스로 3년 전 도전했다가 실패한 뒤 열심히 살아온 데 대해 또다시 평가받고 싶은 마음은 없지 않았다. 자신감은 있었다. 그래서 도전했던 것이다. 내 만족이라고 할 수 있다. 보다 중요한 것은 현재, 바로 지금이다. 건성건성 살아서는 안 된다. 치열하게 살자.

표절。

　신경숙 씨는 우리나라의 대표적인 작가다. 그가 표절 시비에 휘말렸다. 사실 여부를 떠나 부끄러운 일이 아닐 수 없다. 신 씨는 강력히 부인했다. 문단도 갈렸다. 나는 신 씨가 떳떳치 못하다고 생각한다. 내가 강조하는 정직과 거리가 멀다는 얘기다. 문제를 제기한 이의 주장을 보니까 의혹을 살 만하다. 우연의 일치로 보기엔 너무 흡사하다. 진실은 신 씨만이 알 수 있다.

　나 역시 창작을 강조하곤 한다. 좋은 글이나 표현을 보면 인용하고 싶은 생각이 든다. 표절 유혹이 생긴다고 할까. 그래서 나는 집에 있던 책도 모두 고물상에게 주었다. 순전히 창작을 하기 위해서다. 국어사전만 달랑 1권 있다. 회사에도 사전만 한 권 갖다 놓았다. 그동안 8권의 에세이집을 냈지만 남의 글은 인용하지 않았다.

　오로지 내 생각, 내 얘기만 옮겨 적었다. 워낙 짧은 글이다 보니 남의 글까지 인용할 여력이 없기도 했다. 앞으로도 그럴 터. 잘 쓰든, 못 쓰든 자기 글을 쓰는 것이 중요하다. 그러려면 처음부터 습관을 잘 들여야 한다. 내가 일기도 문학이라고 주장하는 이유이기도 하다. 글에도 생명력, 즉 숨소리가 들려야 한다. 그런 점에선 일기만 한 장르도 없다.

미신.

　다소 지나치다 할 정도로 미신을 믿고 있다. 그래서 사람 노
릇 못 할 때도 있다. 최근에도 그런 일이 있었다. 친한 친구 장
모님이 돌아가셨는데 문상을 가지 못했다. 하루 이틀 밤이라도
함께 새야 할 친구다. 미안하기 이를 데 없다. 메시지를 보내
자초지종을 간단히 설명했지만 부족할 터. 장모님, 아내 모두
몸이 성치 않다. 나 역시 올 초 병원에 입원한 바 있다.
　특히 아내는 몇 해 전 친척집 상가에 갔다가 호되게 아픈 적
이 있었다. 지금도 그때의 후유증이 계속된다고 한다. 그 뒤론
미신에 많이 의존하고 있다. 매년 점집에 가서 한 해 운세를 듣
고 오기도 한다. 대부분의 역술인이 그렇듯이 상갓집 얘기는
꼭 한다. 나쁘다는 말에 신경이 안 쓰일 수 없다. 어른들은 더
믿는다. 나쁜 것은 맞을 때가 많다는 얘기다. 이해 못 할 사람
도 많을 게다.

검찰은。
내 친정。

나 스스로 '5공 기자'라고 소개할 때가 있다. 전두환 정권 말기인 1987년 가을부터 법조를 출입했다. 입사는 1986년 12월 16일. 9개월 정도 수습을 마치고 사회부 발령을 받아 나간 첫 출입처가 법원, 검찰. 법조와 오래 인연을 맺게 된 출발점이다. 그때부터 9년 가까이 법조를 출입했다.

지금도 현역으로 있는 이른바 '5공 법조 기자'는 손에 꼽을 정도다. 나를 포함해 한두 명에 그칠 것 같다. 황교안 총리 후보자와도 그때 처음 인연을 맺었다. 황 후보자는 당시 서울지검 공안부 말석검사로 있었다. 나는 법조 출입 막내. 막내끼리는 서로 친한 법이다. 그땐 법조 전체 출입기자라고 해야 25명. 검사나 기자나 서로 너무 잘 알았다. 친구처럼, 형제처럼 지냈다.

말석 검사가 장관을 거쳐 총리 후보자까지 됐으니 시간도 많이 흐른 셈. 나도 그만큼 늙었다는 얘기와 다름없다. 황 후보자가 국회인준을 거쳐 정말 존경받는 총리가 됐으면 좋겠다. 그의 인간성 자체는 나무랄 데가 없다. 겸손함도 갖췄다. 오늘은 비 소식이 있단다. 시원스런 빗줄기를 기대한다.

인생은。
도전의 연속。

내가 늘 입에 달고 다니는 말이 있다. '자신감'과 '도전정신' 학생들에게도 한 학기 내내 같은 말을 한다. 아마 내 강의를 듣는 학생들은 반쯤 세뇌되어 있을 것이다. "도전하라" 내 인생의 키워드라고 보면 된다. 인생은 도전의 연속. 그것이 없다면 사는 재미도 없을 터. 특히 나에게 도전은 현재 진행형.

지금도 한 가지 일이 진행 중이다. 물론 최선을 다하고 있다. 유혹이 있을 수 있다. 하지만 변칙은 없다. 오로지 정도正道다. 상대방을 비판하기는 쉽다. 인정하는 것이 오히려 더 어렵다. 남의 불행이 곧 나의 행복이라고 한다. 나는 그것을 원하지 않는다. 페어플레이 정신을 강조하고 싶다.

남이 어떻게 하느냐보다 내가 어떻게 할까가 더 중요하다. 자기중심이 되어야 한다는 얘기다. 그러려면 자기를 가장 잘 알아야 한다. 거기에 답이 있기 때문이다. 나의 인생철학이다.

인생。
철학。

목적을 위해서라면 수단과 방법을 가리지 말아야 할까. 나의 대답은 "아니다"이다. 내가 살아온 길이 그렇지 않기 때문이다. 내 인생의 목표로 삼고 있는 '정직·성실·겸손'과도 거리가 멀다. 3년 전 서울신문 사장에 도전했었다고 언급한 바 있다. 25년 2개월을 나름대로 열심히 살아온 데 따른 평가를 받고 싶었다. 그래서 사표를 내고 CEO에 도전했다.

하지만 결과는 실패. 당시에도 주변 많은 분들이 이른바 '로비'를 할 것을 권유했다. 그러나 나는 단호하게 뿌리쳤다. "(사장을)안 하면 안 했지, 공정하지 않은 방법으론 하지 않겠다."고 했다. 이런 나에게 "바보"라고 하는 것이 당연한지 모른다. 앞으로도 바뀌지 않을 터. 그렇다면 영원히 기회가 오지 않을 가능성이 크다. 우는 아이에게 먼저 젖을 준다고 한다. 그러니까 나 보고도 울라는 것.

나의 도전은 계속 진행형이다. 내가 가진 무기라곤 '자신감' 밖에 없다. 학생들에게 늘 강조하는 대목이기도 하다. 나의 진정성이 통하는 날이 올까. 비록 오지 않는다 하더라도 누굴 원망할 생각은 없다. 오풍연의 인생 철학이다.

오풍연의 。
바보 찬가 。

"어쩜 아빠는 그렇게 태평할 수 있어? 어떤 땐 아무 생각 없이 사는 것 같아" 아들에게서 종종 듣는 말이다. 녀석이 정확히 봤다고 할 수 있다. 요즘 나는 거의 마음을 비운 상태로 지낸다. 새벽에 일찍 일어나 하루를 시작하는 것도 변함이 없다. 세끼 밥 먹고, 잘 잔다. 초저녁에 자니까 빨리 일어날 수 있는 것.

또 모든 일을 긍정적으로, 낙관적으로 본다. 그러니 남들보다 걱정을 훨씬 덜 한다. 내 마음 속에 근심 걱정이 차지하는 비중은 없다고 해도 무방하다. 그것이 가능하냐는 질문 역시 자주 받는다. 나의 대답은 "그렇다"이다. 거듭 말하지만 마음을 비우면 된다. 다시 말해 욕심을 내려놓으라는 얘기다. 언론사에 근무하는 고등학교 친구가 짧은 댓글을 달았다. "풍연인 이제 도인이 된 듯하이"

아내도 가끔 나를 '외계인' 같다고 한다. 너무 현실을 모르고 지내서 그럴 게다. 복잡하고, 골치 아픈 것은 아예 생각조차 않는다. 바보처럼 살면 그것이 가능하다. 바보는 내가 정말 좋아하는 말이기도 하다. '바보 오풍연' 나에겐 순수로 들린다. 앞으로도 바보처럼 지내련다.

Who am I?。

나는 가급적 한자나 영어 등 외국어를 쓰지 않는다. 쉬운 우리말을 쓰려고 노력한다. 사설이나 칼럼을 쓸 때도 마찬가지다. 그동안 펴낸 8권의 에세이집도 그렇다. 한글처럼 아름다운 문자도 없다. 우리가 쉽게 쓰니까 모를 뿐이다. 그러나 학생들에게 강의를 하거나 외부 특강을 할 때 한 번 쓰는 영어가 있다.

Who am I? "나는 누구냐"라는 뜻이다. 거기에 모든 문제의 답이 있다고 생각한다. 그럼에도 다른 데서 답을 찾으려고 하기에 문제가 풀리지 않는다. 자기 자신을 모르면서 일을 해결할 순 없다. 나를 아는 것이 가장 중요하다. 더할 것도, 뺄 것도 없이 있는 그대로를 알아야 한다. 그래야만 답이 나온다.

나는 하루에도 몇 번씩 똑같은 질문을 나에게 던진다. 그럼 시행착오를 최소화할 수 있다. 한 번 더 생각할 수도 있다. 섣부른 판단은 자기를 과장하는 데서 온다. 그래서 자기를 낮출 필요가 있다. 다시 말해 겸손이 중요하다는 얘기다. 오늘은 대구서 아침마당 녹화를 한다. 최선을 다할 생각이다. "나는 누구냐"고 물으면서.

지상파 방송。
첫 출연。

　드디어 내일 KBS 아침마당(대구) 녹화를 한다. 지인들이 떨리지 않느냐고 물어본다. 어찌 사람인데 긴장이 안 될 리 있겠는가. 카메라 울렁증을 호소하는 사람들도 있다. 난 다행히 그런 증세는 없다. 단독 대담이 아니고, 다른 출연자들도 있으니 그들과 호흡을 잘 맞춰야 한다. 출연자보다 진행자의 역할이 더 중요하다고 할 수 있다.

　남녀 아나운서 2명이 사회를 본다. '부부의 날'을 맞아 마련한 프로다. 그런 만큼 주제도 부부가 될 것 같다. 미리 원고는 받았다. 그러나 생방송이든, 녹화든 꼭 대본대로 하지 않는다. 말을 하다보면 다른 주제로 옮겨갈 수도 있기 때문이다. 재미있는 경험이 될 듯하다. 미리 축하해 주는 분들도 계시다. 수도권에선 볼 수 없는 것이 흠이다.

　22일 방송을 한 뒤 다시보기를 통해 볼 수 있을 것 같기는 하다. 페친들께서도 좋은 아이디어 있으면 주시라. 가능하다면 소개해 드리겠다.

시간。
핑계 대기。

시테크란 말이 있다. 시간을 돈 개념으로 보아야 한다는 얘기. 딱 맞는 말이다. 물의 중요함을 모르는 것처럼 시간도 그냥 허비한다. 공짜처럼 여기기 때문이다. 그러나 시간만큼 중요한 것도 없다. 시간을 핑계 대는 사람도 많다. "시간이 없어서……." 시간이 없어서 운동을 못 하고, 공부도 못 하고, 일도 못 하고 등.

나에겐 해당되지 않는 이유다. 시간을 만들면 된다. 없다는 것은 변명으로 들린다. 가령 운동을 예로 들어보자. 하루 30분이든, 한 시간이든 운동을 하는 것이 좋다고 한다. 이를 모르는 사람이 없을 터. 그러려면 시간을 내야 한다. 일과 시간에 운동하기란 쉽지 않다. 다른 사람의 눈치도 안 볼 수 없다. 결국 퇴근 후나 새벽을 이용해야 한다. 잠을 조금 덜 자면 된다. 늦게 집에 들어와도 짬을 내 운동을 할 수 있다. 대도시는 어디를 가도 어둡지 않다. 아니면 조금 일찍 일어나 새벽을 이용하면 가능하다.

앞으론 시간 없다는 말을 하지 말자. 자꾸 하면 게으른 사람으로 들린다. 나는 잠시 뒤 3시에 또 운동을 나간다. 하루를 여유 있게 시작하기 위해.

인생 。
성적표 。

　지금 잘 살고 있는 걸까. 나 자신에게도 자주, 아니 매일 묻는 질문이기도 하다. 날마다 이 시간쯤 첫 글을 올린다. 어제를 되돌아보면서 하루를 알리는 셈이다. 일기 형식의 반성문으로 볼 수도 있다. 1년 365일 거의 똑같다. 착함을 행했는가, 남을 다소 서운하게 대하지는 않았나 살펴본다. 만약 그런 일이 있었다면 반성부터 먼저 한다. 이러기를 10여 년.

　크게 문제 된 일은 없었다고 본다. 나름대로 최선을 다해왔기 때문이다. 스스로 점수를 매긴다면 몇 점을 줄 수 있을까. A 학점, 90점은 받을 만하다는 생각도 든다. 앞으론 A+ 학점을 받기 위해 노력하려고 다짐한다. 사람이 완벽할 수는 없다. 다만 진실을 행하고, 노력을 하면 가까이는 다가갈 수 있을 터. 나의 목표는 그런 사람이다. 지금까지 10년을 그렇게 달려 왔다고 치자.

　그럼 10년 뒤의 내 모습은 어떨까. 무엇보다 마음속에서 욕심을 지워야 한다. 비움의 미학. 영원히 간직하련다.

새벽 찬가! 새벽을 사랑하며
온 세상에 행복을 전파하는 열정에
힘찬 응원의 박수를 보냅니다!

– 권선복(도서출판 행복에너지 대표이사, 한국정책학회 운영이사)

많은 분들이 살기 힘들다는 말씀을 하십니다. 그래도 세상은 여전히 아름답고 살 만한 곳입니다. 문명의 이기와 수려한 자연경광도 삶을 행복하게 하지만, 역시 늘 마음을 따뜻하게 하는 '사람'들이 주변이 있기에 삶은 살 만합니다. 사실 요즘과 같은 세상에 타인의 삶마저 챙기기란 쉽지 않은 일입니다. 내 한 몸 건사하기도 바빠 가족들마저 등한시하는 사람도 적지 않습니다. 그럼에도 좋은 글을 통해 행복을 전파해주시는 분들을 뵐 때마다 마음이 무척 든든해지곤 합니다.

책『새벽 찬가』는 서울신문에 입사한 이래, 30여 년간 기자 생활을 해 오신 파이낸셜뉴스 오풍연 논설위원의 열 번째 에세이집입니다. 한두 페이지 분량의 짧은 에세이들은 일견 일기처럼 보이기도 하지만 곳곳에 스며 있는 삶의 진한 향내는 마음 한구석을 따뜻하게 해줍니다. 전문작가도 쉽지 않은 열 권의 책을 내는 만큼 그 내공 또한 만만치 않습니다. '장편掌篇 에세이 – 손바닥만 한 분량의 에세이'라는 독특한 장르를 스스로 개척하고 이를 통해 5천여 명에 이르는 페친(페이스북 친구)을 통해 세상을 온기로 가득 채워 주시는 저자에게 힘찬 응원의 박수를 보냅니다. 공교롭게 저자의 56세 생일인 2016년 2월 25일에 책이 출간됨을 진심으로 축하드립니다.

물질문명의 발달이 개인주의를 심화시켜 사람들을 외롭고 우울하게 만든다고 합니다. 하지만 SNS를 통해 늘 행복의 기운을 주변에 전파하시는 오풍연 저자를 바라보면 방법이야 어찌되었든 의지만 있다면 얼마든지 황량해 보이는 회색도시를 웃음과 행복이 넘치는 곳으로 만들 수 있다는 생각이 듭니다. 이 책에 담긴 삶의 소소한 풍경들이 하루하루 힘겹게 살아가는 현대인들의 삶을 행복과 긍정의 에너지로 채워 주기를 바랍니다. 또한 기적이 창출되어 베스트셀러로 등극하기를 간절하게 기원드리며 책을 읽는 독자들의 삶에 행복에너지가 팡팡팡 샘솟으시기를 기원드립니다.

연탄 두 장의 행복

이재욱 지음 | 값 13,500원

현재 부천작가회의 회장이자 수주문학상 운영위원으로 활동 중인 이재욱 소설가
의 『연탄 두 장의 행복』 노년층, 이혼녀, 불법체류 외국인 등이 우리 사회에서 겪
는 참담한 현실을 생생히 전한다. 제목과는 완전히 다른, 섬뜩한 결말을 담고 있
는 「연탄 두 장의 행복」을 필두로 총 아홉 편의 단편소설들이 환희와 슬픔, 불행
과 행복을 그려내고 있다.

조력자의 힘

서윤덕 지음 | 값 15,000원

여군 출신의 한 여성이 부모로, 사업의 조력자로, 강사로 살아가며 타인의 행복한
삶을 위해 늘 노력하고 열정을 쏟는 과정에 대해 담은 책이다. 군 생활 중 전우애
를 통해 타인을 돕는 기쁨의 참된 의미를 깨닫고 이를 우리 삶에 어떻게 적용할
것이며, 그 작은 도움 하나가 우리 사회를 얼마나 행복하고 풍성하게 만드는지를
가슴 따뜻한 글발로 엮어 내었다.

잘나가는 공무원은 어떻게 다른가

이보규 지음 | 값 15,000원

9급 말단에서 1급 고위공무원으로 나아가는 과정을 경험을 토대로 세세히 기술하고
다양한 자기계발 소스들을 중간중간에 삽입하여 재미와 실용이라는 두 마리 토끼를
한꺼번에 잡아내었다. 한국강사협회와 삼성경제연구소에서 선정한 '명강사'인 만큼
스토리텔링의 탄탄함은 독자의 흥미를 끌기에 충분하다.

긍정에너지

권선복 외 32인 지음 | 값 20,000원

여기 각자의 분야에서 나름대로 성공을 거둔 33인의 멘토가 있다. 수많은 난관
을 극복하고 끝내 행복한 삶을 성취한 그들만의 특별한 비결은 과연 무엇일까. 책
『긍정에너지』는 성공을 거머쥐기 위해 반드시 갖춰야 할 자세 '긍정'의 힘이 얼마
나 위력적인지를 다양한 목소리를 통해 들려준다.

일본해와 백두산이 마르고 닳도록...

김광우 지음 | 값 12,000원

책 『일본해와 백두산이 마르고 닳도록』은 동해의 명칭 표기에 관한 금기와 불편한 진실은 과연 무엇인지를 소설이라는 형식을 빌려 이야기하고 있다. 동해와 일본해 병기를 위한 우리 정부의 노력은 무엇이며 어떠한 결과를 가져올 것인가에 대해 심도 있는 연구와 자료 수집을 통해 제시하고 있다.

왜 행복경영인가

가재산 지음 | 값 18,000원

책 『왜 행복경영인가』는 '한국형 인사조직 연구회'에서 심도 있는 연구 끝에 선별한 '한국형韓國型 GWP' 현장 사례를 소개하고 있다. 각각 'K-GWP' 부문의 대표주자인 '마이다스아이티, 대정요양병원, 서린바이오사이언스, 동화세상에듀코, 쎄트렉아이, 여행박사, 유한킴벌리, 필룩스, 한국 콜마' 등 9개 기업을 상세히 소개하고 있다.

새로운 리더십 새로운 지도자

임한필 지음 | 값 15,000원

책 『새로운 리더십 새로운 지도자』는 '임한필' 박사가 전하는 문무겸전으로서의 여정을 담은 책이다. 자신의 인생역정을 바탕으로 문무겸전을 갖추기 위해 반드시 필요한 태도와 정신, 실행과 도전에 대해 다양한 사진과 글을 통해 전하고 있다. 또한 고향 땅인 광주 광산구의 밝은 미래를 위해 청사진을 제시하면서 나름대로의 당찬 포부를 밝히고 있다.

북한 핵 무력의 세계 정체성

박요한 지음 | 값 20,000원

책 『북한 핵 무력의 세계 정체성』은 시간, 북한, 핵 무력, 김정은에 대해 개념부터 다시 짚어 보면서, 우리나라가 앞으로 20년 전쟁의 승리를 위해 어떻게 할 것인가를 상상할 수 있도록 구성되었다. 운명 정체성 이론을 핵 무력에 적용한다는 독특한 발상을 통해 핵 무력의 기원과 성격, 진화 과정과 미국에 의한 지구적 안보 권력으로의 네트워킹 과정을 기술하고 있다.

된다 된다 책쓰기가 된다!

오경미, 이은정, 유길문 지음 | 값 15,000원

책 『된다 된다 책쓰기가 된다!』는 CEO를 비롯한 리더들을 위해 '책을 쓰기 위해 무엇을 준비해야 하고 어떠한 과정을 거쳐야 하는가'를 상세하게 담아내고 있다. 특히 다양한 그리스로마신화를 예로 들면서 책쓰기 비법을 설명해주어 독특한 재미를 전하고 있다. 눈을 뗄 수 없게 만드는 신화 관련 미술품들은 그 자체만으로도 충분한 볼거리를 선사한다.

사업에 성공하는 조건

오신우 지음 | 값 15,000원

책 『사업에 성공하는 조건』은 현대경영학에서 여전히 외면되고 있는, 타고난 '소질'과 '운명'의 중요성을 천명하고 있다. 이 독특한 인문경영서는 사업을 하고 있거나 준비 중인 사람이 반드시 알아야 할 2가지 조건 외에도 사업과 최신 경영의 핵심인 가치관 경영, 시스템 경영, 관료주의 혁신 등을 제시하고 있다.

열정으로 이룬 꿈, 마흔도 늦지 않아

이철희 지음 | 값 15,000원

책 『열정으로 이룬 꿈, 마흔도 늦지 않아』는 마흔셋이라는 (업계에서는 많이 늦은) 나이에 정식 은행원의 꿈을 이룬 이철희 전 IBK기업은행 지점장의 인생역정, 성공 스토리, 자기계발 노하우를 담고 있다. 이미 KBS에서 방송된 강연 100도씨를 통해 자신의 이야기를 세상에 알렸지만, 거기에 다 담지 못했던 에피소드와 온기 가득한 삶의 여정이 감동적으로 펼쳐진다.

아빠와 딸

정광섭 지음 | 값 15,000원

어둠의 세계에 잠시 발을 들여놓았던 전력이 있는 저자가 참회의 길로 선택한 작가의 길. 그 길목에 놓여있는 소설 『아빠와 딸』. 정광섭 저자의 두 번째 소설로 현재의 혼돈과 불안의 시대에 한 줄기 위로와 사랑의 메시지를 전하는 아빠와 딸의 이야기를 담은, 독자의 마음을 흔들기에 부족함이 없는 소설이다.

'행복에너지'의 해피 대한민국 프로젝트!
〈모교 책 보내기 운동〉

대한민국의 뿌리, 대한민국의 미래 청소년·청년들에게 책을 보내주세요.

많은 학교의 도서관이 가난해지고 있습니다. 그만큼 많은 학생들의 마음 또한 가난해지고 있습니다. 학교 도서관에는 색이 바래고 찢어진 책들이 나뒹굽니다. 더럽고 먼지만 앉은 책을 과연 누가 읽고 싶어 할까요? 게임과 스마트폰에 중독된 초·중고생들. 입시의 문턱 앞에서 문제집에만 매달리는 고등학생들. 험난한 취업 준비에 책 읽을 시간조차 없는 대학생들. 아무런 꿈도 없이 정해진 길을 따라서만 가는 젊은이들이 과연 대한민국을 이끌 수 있을까요?

한 권의 책은 한 사람의 인생을 바꾸는 힘을 가지고 있습니다. 한 사람의 인생이 바뀌면 한 나라의 국운이 바뀝니다. 저희 행복에너지에서는 베스트셀러와 각종 기관에서 우수도서로 선정된 도서를 중심으로 〈모교 책 보내기 운동〉을 펼치고 있습니다. 대한민국의 미래, 젊은이들에게 좋은 책을 보내주십시오. 독자 여러분의 자랑스러운 모교에 보내진 한 권의 책은 더 크게 성장할 대한민국의 발판이 될 것입니다.

도서출판 행복에너지를 성원해주시는 독자 여러분의 많은 관심과 참여 부탁드리겠습니다.

도서출판 **행복에너지** 임직원 일동

문의전화 0505-613-6133